慢慢来，
一切都会是
期许的模样

轩雨幽冉 著

北京时代华文书局

总有一种坎坷不可避免，
可待转身，优雅蜕变。

那心心念念的繁花,
终有一天会盛开在你身边。

一笑而过的轻蔑又何以掩盖哭泣的背面，
唯有坚韧向前，才不负年华赐予的岁月。

我们总在上演矛盾的纠结,其实简单一点,
再简单一点,就会发现每一朵花都美丽娇艳。

目录

01 CHAPTER

慢慢来,
一切都会是期许的模样

一切都会有最好的安排 / 002

心中总有一个人,可渡你烟火平生 / 011

慢慢来,一切都会是期许的模样 / 025

别让心染上别的颜色 / 037

终有一天,有人会许你无恙 / 048

爱,在时间中沉淀的完美 / 059

02
CHAPTER

以自己喜欢的方式
·
过一生

生活不易,请微笑 / 070

以自己喜欢的方式过一生 / 077

鲜花的浓烈无法成全你要的永远 / 099

给每一天找一点意义 / 111

拥有,只需足够就好 / 121

03
CHAPTER

我们一直被这个世界
·
温柔地爱着

待回首，我们都哭了笑了 / 128

试着让回忆淡如微风 / 138

纵然记忆跨过四季，你却最清晰 / 147

我们一直被这个世界温柔地爱着 / 158

守候，是我想给你的爱 / 170

04
CHAPTER

你要去相信

最好的一切都在路上

当细水无法长流,又何必奢求 / 182
你要去相信,最好的一切都在路上 / 193
没有一路美满,灿烂背后住着黑暗 / 202
沿途的风景,谁人笑而不泣 / 217

01
CHAPTER

慢慢来，一切都会是期许的模样

慢慢来
一切都会是期许的模样

我对你而言也许只是过客
可沿途的记忆却绝非匆匆而过
即便走到末路
我们伸出手抓到的也一定不只是风

//一切都会有最好的安排

你说,你记得郑愁予写过的一首诗,其中一句是:我达达的马蹄是美丽的错误,我不是归人,是个过客……

我说,你看尽了爱情的悲,所以只记得这一句。

所以,我恳请你相信我,悲的终点会是最简单的云朵,这亦如我对你的心,不染任何尘埃。

认识肖冰是因为我们在一个单位上班,她是总务,我是经理。我们单位每年都有两次出去旅游的福利,地点是大家讨论决定的。要是去周边的话,酒店就订得好点,要是想坐飞机去远一点的地方,那么食宿上就节省点。

五年前，肖冰刚进单位就得到了不少单身男人的注视，我也不例外。因为肖冰长得很讨男人喜欢，头发长长的，皮肤白白的，样子清清纯纯，身高一米六三，不高不矮。但是，她有些不爱搭理人，可作为经理的我还是有很多的机会和她接触和交谈的。一次，我提议请大家吃饭，让新同事跟我们熟络熟络，以便相处更加融洽。

然而，我发现肖冰真的是一个不愿多说话的女孩子。饭桌上，同事问她一句她答一句，你若不问她她就不说话。当时我也没在意，只是以为，吃饭这种围桌的感觉，可能多少还是让人觉得有些拘谨。我想等到了一起出去旅游的时候应该就能聊得起来了。

之前，我们就定了五月出游，单位的同事也一致都想去黄山。说一直在办公室里待着，能爬爬山走一走也是好的。而且，黄山离我们不远，酒店也能住得好一些。而我，也就想着趁这个机会再多接近肖冰一些。

很快，五月来了。

我们那天一共有四辆车，我特意早到公司，看准了肖冰在3号车我才上的车。我身为经理，很多新进来的员工还在实习期，都巴不得跟我坐在一起，跟我套近乎，就连家住得近也成了一种谈资。

可肖冰不同，跟同事们点头示意之后她就坐到了靠后排的位子，似乎刻意与人保持距离。

而后，我一直暗暗观察肖冰，她始终默然地坐着没跟人说话。有同事拿零食给她吃，她都摇头说不爱吃。一路上，她不是看窗外就是看手机，似乎和大家格格不入。

途中，有些老员工私下悄悄地说肖冰这个人太冷傲了，名校毕业怎么了，名校毕业就能摆架子了吗？

可也因为这样，我对肖冰更好奇了。她这样一个人静坐在车上三四个小时，脑子里究竟在想什么？玩手机又是在看些什么？刷微博还是朋友圈？看新闻还是玩游戏？

这一路去黄山有些堵，我们都被憋得不行了，我就让司机进休息站行个方便再走。下了车，我找机会跟肖冰搭讪。我问她："你微信号多少，加了方便联系。"

肖冰告诉了我她的账号，可是我加了她微信之后，发现她的朋友圈对我是屏蔽的，我点开她的主页，一片空白。

除了，她的头像。

她的头像，是一个看海的姑娘。

好奇的我又有了种种假设，这个看海的姑娘是背对着我们的，只是站立着，没有其他动作。那么这个姑娘的正面应该是什么表情呢？是微笑着欣赏大海的美，还是哭泣着想要对大海诉说?

我不相信一个人一出生就是不爱说话,不爱笑,不爱交朋友的,肖冰的身上一定有不为人知的故事。倘若她是一扇上了锁的门,那么我希望我可以找到一扇窗去寻找她的秘密。

到了黄山,只见人山人海,谁让我们总是周末出来玩呢。很多同事一边抱怨一边兴致勃勃地上山,而肖冰虽然下了车,可是却坐在了景区入口的休息区里。我知道,她并不想上山。这个时候,很多同事都吆喝我快走,而我则以上厕所为由,让他们先上去。

在同事们都陆陆续续地走完了之后,我就来到了肖冰的身边。我问她:"以前是不是来过黄山?"

"没有。"肖冰摇头。

我又问:"那为什么不上去看看?是不舒服吗?"

肖冰看着我,淡淡地说:"看过了也还是要下山的。"

我看着她,没说话。可是她这句话的意思一定不是肤浅的,我想她更多的是在表述,她伤不起。如果美好过后一定会遇见悲伤,那么她宁可不要遇见。

我想,我是懂她的。

后来,我也没有上山,我就陪她坐在山下,喝一杯清茶，寻一份宁静。

她是聪慧的，她能透过我的眼睛看到我对她的心意，可她选择了回避我，转身去一旁的铺子闲逛。可能，一个人越逃离你，你就会越想靠近她吧。我就这样，鬼使神差地不识相地跟了过去。

今天天气还挺热的，我买了瓶矿泉水递给肖冰。我想，也只有矿泉水是肖冰应该需要的。

"谢谢。"

仅仅一句谢谢，就让人接不上话。

也好，那就这样静静地走着吧。

黄山这里有不少卖茶叶的，本来黄山毛峰也是颇具名声的茶叶。于是，我不禁对肖冰说："这儿的茶叶看着不错，要不要买一些回去送给你家里人？"

肖冰原本心情还是不错的，可是我这一句话说完，她的脸色就变了天。

"怎么了？"我柔声问。

"方经理，你去爬山吧，山上的风景比较适合你。"肖冰说完，就不高兴地走掉了。

我不懂，我这一问难道问错了吗？这一句话，又有什么字眼是能令人生气的呢？我看着茶叶，百思不得其解。可我知道，一定不是这茶叶的错，一定是我说错了。我想了许久，把错误锁定在了"家里人"这三个字上。

也许，这就是她心里的秘密。

再之后，我没有去打扰她，直到返回了酒店。

爬了山的同事们都表示筋疲力尽，要早点睡觉休息，而我就一个人在酒店的行政酒廊里喝酒。

恰巧，我也遇见了同样无法安睡的肖冰。

她见了我，本想离开，不过后来还是向我礼貌地点了点头。

于此，我们相视而坐，我也借着这个时机，明确地表达了我对她的倾慕。肖冰看着我，很长时间没有说话。

"如果过去有什么不开心的，就忘了吧。"我说。

肖冰翻眨了下眼皮，说："我只想要活得简单一点，只想和一个人走到最后。如果你做不到，就不要来找我。"说完，肖冰起身要走。

我一把拉住了她的手，说："我做得到。"

肖冰再次坐下，面对我。

我想，她心底应该对我也是有好感的，至少她对我提出了要求。我觉得，肖冰就像是一个瓷娃娃，你一不小心就会令她粉碎。但我不知道，令她变成瓷娃娃的原因究竟是什么，是一个男人曾伤她很深吗？

她和他之间，又有怎样的故事呢？

而在这个物欲横流的世界中，又是怎样的情感会凌驾于金钱之上呢？

交往了三个月后，肖冰对我敞开了心扉，向我娓娓道来了她的过去。我没想错，令她受伤的是一个男人，只不过那个男人无关爱情，那个男人是她的父亲。

肖冰的父亲在肖冰三岁的时候和同一个楼里的女人有染。那时，肖冰的母亲又刚生了孩子，还在坐月子。而且，自从肖冰的母亲怀了这个孩子之后就有点抑郁症的倾向。肖冰听大人们说，这是胎气的关系。可生完孩子的母亲，还是没有变得开朗起来。

现在想来，可能肖冰的母亲早就知道了丈夫和别的女人有关系，而且还是同一幢楼的邻居，这种打击绝非一般人能承受。所以，她才变得郁郁寡欢。

当时，肖冰还很小，只知道自己玩，并不能体会母亲的苦。

一个月后，肖冰的母亲出了月子，可是父亲已经连着一个星期没回家了。她下楼买菜遇到隔壁的老太，老太告诉她603的女人也不在家。大家都在嘀咕是不是他们两个结伴去旅游了，还关照肖冰的母亲要看紧点。

谁想，当天晚上肖冰的母亲就想不开，抱着刚满月的弟弟一起从阳台跳下去了。那天晚上，肖冰刚好不在家，被爷爷奶奶带到二姑家去吃饭了。结果，110一个电话打过去，把他们吓得魂都没了。

因为忙乱，三岁的肖冰看到了自己母亲倒在血泊之中的画面，一下子惊吓得大喊大叫。幸好，民警抱住了她，一直哄着她，告诉她别怕，有警察叔叔在。

之后，肖冰的父亲总算回来了。可是父亲对于母亲的死似乎没有半点伤心，他反而骂她，说自己死了也就算了，还把他儿子害死了，说后事也不给她办。

后来，肖冰的父亲真的不肯出钱，还理直气壮地说他又没有叫她去死，还说她是死于抑郁症和精神分裂。

肖冰的外公外婆很伤心，可除了谩骂也对他毫无办法。最后，肖冰的父亲还跟楼下那个603的女人结婚了，把肖冰扔给了她外公外婆。

就此，肖冰对家，对爱，对人生彻底死心了。

肖冰说的时候很平静，可我却听得很震惊。天底下怎么会有这样不负责任的丈夫，这样狠心的父亲？

肖冰咽了口唾沫，说："在这个世界上我什么都不信，我只求在我无助的时候，能有个人在我身边就好了。"

我不禁很心疼也很心酸，这一段过往实在太过残忍。只求无助的时候能有个人在身边就好了，这是多么卑微的一个请求？

不，你不用那么卑微的你知道吗？

我当即紧紧握住肖冰的手，对她说："将来你再也不用担心和害怕，我是绝对不会离开你的，过去的种种悲伤都会在这里止步。"

肖冰哭了，温热的泪打在我手上，我提手拭去她的泪水，对她说："相信我，请相信我好吗？"

半年后，肖冰成了我的新娘。

五年后，她成了两个孩子的母亲。

许多许多年后，我们仍会这样简单地生活着。

//心中总有一个人,可渡你烟火平生

匆匆数载,那时的你现在是什么模样?

孩提时,总无法理解时间是什么,我们一味地觉得时间好慢好慢,每天日复一日地走在学校和家门之间,实在太过无趣。

突然有一天,在走了几年的相同的路上对某一个人说"再见"时,才发现当年铆足了劲儿对着干的"敌人"将不再见面了,那些岁月就这样不可往复地流逝了。

心中,会莫名泛起一种怅然。

然后,诙谐地对自己说,原来他才是带给自己最深记忆的那个人。

待相片渐渐泛黄时，记忆仍清如明镜。

记得大一那会儿，我和程杭分在了一个宿舍，虽然我们素未谋面，但相见时却有种宿世之仇的感觉。

他们都说，这叫"没缘"。

就这样，我们在彼此不屑的眼光下很默契地把彼此归结为"一个讨厌的人"。

一天，你上厕所忘了关QQ，我偷瞄到你的网名叫"残窗疾风"。于是，我一直暗中鄙视你冒充大叔装有范儿，其实特猥琐。可来找你聊天的妹子越来越多，你就整天对着电脑屏幕傻笑，还经常收到女生送的各种巧克力和礼物。

晚上，我一个人发呆竟也对着电脑起了个网名叫"没落的城"。

多年后我才发现，"残窗疾风"和"没落的城"放在一块儿是如此的和谐而相似。

可惜那个时候，我们虽在同一屋檐下住着却不太说话，甚至可以扣上"暗斗"这样一个阴暗的词语。

那会儿我很穷，很潦倒，一个月的生活费只有两百元。别提出去吃大餐，就连学校食堂的伙食费我都觉得应付不了。而你，闲着没事就嚷嚷着说你去Pub喝酒吃西餐了，还说那儿有歌手驻场，有美女跳舞。

其实，打从我第一眼看到你，我就知道你绝非等闲。像我们这种穷酸的人虽然看不懂也分不清品牌，可好歹能感受得到这气场。也可能因为这种与生俱来的阶层差距，让我们无法交集。

之后，你又跟我争奖学金。我承认你很厉害，可我也绝不认输。连着两年，我们先后都拿了一等奖学金。至此，我们无法成为朋友，只能是"敌人"。

我们就像那首歌《白天不懂夜的黑》，你用你的富足消遣着我的狼狈，我用我的勤奋挑战着你的天赋。

直到第三年，我才发现我对你的主观认知是不正确的。

那天，是你第一次提出请我们吃饭，是因为你生日。你一进寝室就说："走，出去吃饭去，今晚我请客。"

我再不喜欢你，也知道最基本的礼数，所以我也一起去为你庆祝。

出了校门，我们四个人都以为你会带我们去路边那些小饭店随便打发一顿就是了，哪知你带我们踏进了一个金碧辉煌的饭店。

同寝室的一哥们儿说："这家店一定很贵啊。"

"哎,你看这吊顶上还有画呢,是真请人画上去的吗?"

我忽然觉得,你是故意摆谱,把我们当刘姥姥进大观园一样耍。你两手插在裤袋里,很神气地往旋转楼梯上走,带我们进了一个儒雅的小包间。我们跟在你屁股后面东张西望的,心里还泛着紧张。

"程杭,不用这么客气吧,我们也没准备什么礼物。"

"都是大男人,我要你们什么礼物,就吃个饭而已,别想太多。"

直到现在,我都清楚地记得那一晚。我们四个里面除了你是大城市来的,其他三个都是小乡村来的,没见过世面。别说这像皇宫一样的饭店了,我们县城里就算要找个像样的小饭馆都没有。

你一坐下,就点了菜,跟着轻车熟路地去上洗手间。留下我们几个,大眼瞪小眼的不敢动。

服务员端上来一小盅"汤水",那会儿我们真的就以为这是"汤水"。还在说:"这店这么大,东西这么贵,只给这么一小碗汤也太不厚道了。"

谁想,你走了进来,当即大笑着说:"这可不是汤,千万别喝,这是洗手的。"

当时,我们都惊呆了。更尴尬于,我们是那么"无知"

和"不上档次"。

席间,他们两个吃得很畅快,唯有我一直审视着你,你除了喝酒还是喝酒。那天你喝了很多酒,我不知道是因为你太高兴还是真的想醉。

吃完饭,那两个家伙说还约了女朋友就跑路了。剩下我,不得不扛着你下楼。

你每走一步,我都觉得你身子在飘,脚底在打滑。可你还很不服气地甩开我的手,一脸酒气地冲着我说:"我知道你小子一直对我有看法,不过我也不怎么喜欢你。你放开,我不用你扶。"

我看了你一眼,没搭理你,就让你自个儿走了,你以为我很想扶你?

"两年了,我们住一个宿舍,我数过你跟我说的话不会超过十句。"程杭倚着扶手,跌跌撞撞地嚷嚷道。

数过?

程杭的这句话让我惊诧,我不禁蹙起了眉头,停下脚步。原以为,我在那个屋里是隐形的,没想到他认真数过。

"钱旻嘉,你太不是男人了!就因为我家比你有钱,所以你一直看不起我是吗?"程杭跟跟跄跄的步子让我直担心他会倒下。而他的话,也犹如当头一棒。

"不,你不是看不起我,你是看不起你自己!"

"你喝多了。"

我一脸肃然地走上去搀扶他,他也真的撑不住一下子趴在了我身上。那一秒,我心里没有了之前对他的厌恶和排挤,我拖着他来到了公交车站边的椅子坐下。

风在吹,思绪在飘。

不多久,一辆公交车停站下客,也许是一阵熙攘的吵闹令昏沉的程杭又醒了过来。他看着我,眼神是那样的深邃而复杂。然后,他嘴角斜扬地吼道:"知道有钱的人和没钱的人为什么合不来吗?就因为像你这样的人太多了!我有钱碍着你了?我有钱犯法了?"

他醉了,根本不知道自己在说什么,我没说话。

"我有钱,我真的很有钱,可你知不知道我爸死了之后,我妈就不要我了,然后把我扔在爷爷那儿,一个人跑美国找男人去了。她每个月除了给我寄钱,从不回来看我。就算过年回来,也是住几天就匆忙走了,生怕我破坏了她的婚姻幸福。所以现在,我的人生里就剩下钱了,你明白吗?"

我愣了良久。

那一刹那,我恍然明白了,为什么我们相互抵触却又总是相互牵连,相互关注。因为在我们不同的背景下,都蕴藏着一样东西——孤独。

而那份孤独,只有你能发现。

那份孤独更演变成了倔强和偏见。

程杭摇晃着想走,可没走几步就又瘫软地往后倒,我一把把他拽回了椅子上,他一坐下就又斜躺在我身上昏昏欲睡了过去。

我觉得周遭一下子安静了下来。我听不见车声的轰鸣,看不见前方穿梭的行人,我只看到了来这儿之前的我。

我有个哥哥。从小,我哥嘴甜,我嘴笨,所以我得到的关爱也被打了折。不论是吃饭、穿衣、买东西还是压岁钱,我得到的都比哥可少。当然,家里本身就不富裕。可差别,还是很鲜明的。

说不埋怨是假的,可已然定格的局面也真的是很难打破的。

所以,我渐渐习惯了两个朋友——"勤奋"和"孤独"。唯有在我考试得第一的时候,我才会得到父母的表扬和笑容,那便足够。因为我明白,不管是父母还是陌生人,总有偏爱的。

后来,我决定离开家去闯荡。我也知道,父母不舍得哥哥离开他们，哥哥也不愿意离开父母。自然，一个被疼爱惯了的孩子，他的想法和魄力也渐渐地被削弱了。所以，一路走来，我哥的成绩一直不如我出色，最后也没能考出县城。于是，他在毕业之后就留在了小县城的工厂里上班。

好多亲戚都说我哥没什么出息，留在这里根本没发展，也就这样过一辈子了。可父母也许并不这么想，我哥也不这么认为。我们家祖上三代也没出过一个光宗耀祖的，代代求稳之下，也就没什么雄心壮志。

我母亲常说："平安是福。"

而在我眼中，哥哥占满了父母的爱，他拥有着一个很温暖的家，他远远比我要富足和快乐。还记得那年哥哥刚上班就要去学车，母亲不知道打了多少电话叮嘱他要注意安全，路上要开慢点。大热天的，她担心哥哥练车饿着，煮好了饺子给他送去。

那一点一滴，在我看来格外刺眼。

因为，当我骑车摔破了腿的时候，她只会冷冷地说："这么点伤没事，会慢慢长好的。"

人就是这样，你越是没得到的东西便是你越渴求、越伤怀、越在乎的。

所以我一直认为，不论你生在多美的地方，倘若没了温暖和爱你的人，那眼前永远就是黑色的。

后来，我拿到了录取通知书，动身上火车去陌生的城市上大学了。母亲送我时，脸上虽有挂念，但并非万般不舍。给我的话只是一句："有事打电话回来，要注意安全。"

母亲每个月给我寄的钱也只有两百元。家里经济是不太好，我也没有多做要求。可我深切地知道，如果是哥哥出远门上大学，一定不会只是这样。

不知道为什么，眼眶突然觉得有点湿润，我深呼一口气让自己一笑而过。继而回头，看着那个头靠在我身上熟睡了的程杭。

我忽然觉得，两年的光景被我的偏激给耗尽了。

原来，我们从不是"敌人"，而是"知心人"。

"这儿风大，我背你回宿舍睡去。"我低喃了一句就一把扛起程杭，把他拖回了宿舍。

第二天，程杭不记得自己说了什么，但他醒后总觉得自己可能说了什么，再看我时，泛着一种尴尬和疑问。但，我们只字不提。

之后的一段日子，我们看彼此不再是犀利的眼神，偶尔还会一起去踢球，一起讲个笑话，一起调侃老师。

大概三个月后,在学校的图书馆走廊里我遇见了程杭,或许应该说是程杭特意来找的我。而后,我们去了楼下。

"你说我要不要去美国?"程杭说得很平静。

"去读书?"我问。

"我妈希望我过去跟她一起生活。"程杭翻眨了一下眼皮,眺望远方。

"那很好啊,看来你妈妈一直是念着你的。其实有很多人都不太善于表达,也有很多事发生的时候太过突然,根本来不及考虑太多。"我提起手,拍了一下程杭的肩膀。我知道,这个消息对他来说是很高兴的,只是他依然无法释怀当初的被弃。但我们若换个角度,换个身份去看当年他母亲的选择,其实也是在情理之中的。

可我更知道,程杭耿耿于怀的并非仅仅只是自己的被抛弃,而是他母亲对他父亲那一份淡漠的爱。以至于,他对她有恨。

程杭一直没有说话,脸色是那样的肃静。

"有妈念着你还是好的,去吧。"我浅笑着说了句。

"你妈也是念着你的,只是一直以来你都比你哥独立和优秀,所以她很放心。"

程杭的这一句话让我惊愕,我不禁凝视着他。谁想,程杭坏笑地说道:"你偷瞄了我的网名,我也不小心看到了你的日志。"

于他,我真的是完败了。

"原来你一直都在装睡?"

"谁让你在我下铺。"

"哈哈。"

笑过之后,我们都泛起了不舍。相信,程杭和我一样在叹息这两年里,我们没有好好做个朋友。

很快,程杭就走了。他走之前,给我发了一条短信,说:"你要记得你欠我一顿饭,我要你还的,不能低于那个价。"

我笑了笑,回了条:"你太坑了。"

到了美国之后,因为时差,我们俩真的变成了"白天不懂夜的黑"。每当我熬不住了,他才起床。每当我起床,他正睡着。

可是程杭那一句:"你妈也是念着你的,只是一直以来你都比你哥独立和优秀,所以她很放心。"我一直记在心里。

也因为这句话,我放下了心中的结,试着换了个角度去看待母亲和大哥。程杭走的那年春节我回家了。那时,我已经两年没有回家了。

我一进门,就看到母亲给我备好了我爱吃的菜,大哥也满心欢喜地帮我收拾我的房间。

那晚很开心,我们还一起守夜。

中途,母亲借故把我拉到了外面,说:"你哥哥这个人没长心眼儿,说话太直,厂里好多人都被他得罪了,你可要好好地帮妈劝劝他,不然工作都要丢了。你现在在大城市里念书,又是名校,只有你的话他才听啊。"

要是以前,我一定会觉得母亲的心里只有我哥,我难得回来一趟,居然是为了哥哥的事来跟我谈心,而不问问我在外面一个人过得好不好。然而现在的我,不会再这么狭隘了。就像程杭说的,也许在母亲眼中我足够独立和优秀。

是的,我们只是独立但从不孤独,更未曾被遗弃。

那晚,我和大哥促膝长谈。大哥没有什么抱负跟理想,他跟我说得最多的,是他想报答母亲这么多年对我们的养育之恩。他说,母亲的白发一年比一年多了。

"你不知道,你考上名校那会儿,妈到处去宣传,说你可有本事了。"

"是吗?呵呵。"

"我没本事,但我唯一可以做的就是陪着爸妈。你呢,就安心地去闯一闯,给那些小看我们家的人一点颜色!"

大哥的话，在我心中泛起了阵阵波澜和自责。原来，我是母亲的骄傲。而大哥，一心想着我能有出息，可以光耀门楣。

那晚的星空，特别明亮，也或者是因为我的心没了遮挡。

假期之后，我又出发了。

临行前，母亲给我做了一些饼让我带在路上吃。

"妈，我不在家不能照顾你，你要自己注意身体。"

"行了，我身体还好得很，你赶紧去吧。"

这一次进车站，我没有负气地傻头傻脑地直往里走，我走到半道转身看母亲。母亲还站在那儿，正提手抹着眼泪。

我恍然嘲笑我自己，还劝程杭说很多人都不善于表达。可自己，又何尝不是偏激地估量着别人的心？

母亲似乎看见了我，只见她抬手一挥，让我赶紧进去。

我点了点头，隐忍着掉落的眼泪，转身。

回到学校之后，我越发认真地把心思放在了学业上，我要找一份好的工作，给家人铺一条平坦的路。

转眼，八年过去了，我没有辜负程杭、父母和大哥，我在一家大型企业站稳了脚跟，做了项目经理，年薪过五十万。遗憾的是，程杭他一直没有回国，我们也在各自的忙碌中断了联系。

今天，我重返校园，沿着那条和程杭曾经一起走过的路再一次行走。不经意间，我们早已与青春分别，走到了人生的中途。说实在的，从毕业到工作，从工作到有了家庭，程杭一直在我的记忆里不曾离开过。

我不知道你现在过得怎么样，但我想我们都已经驾驭了自己。你不再是那一缕残窗疾风，我也不再是那一座没落的城。

人生路上，相信我们总会遇上那么一个人，可渡你烟火平生。

//慢慢来,一切都会是期许的模样

两年前,冬末的风还在凛冽。

可是,我们的心却如夏一般浓烈。

我和闺密从小学、初中到高中都在一起,感情非常好。虽然现在各自为工作忙碌,可是闲暇时我们都会一起喝茶聊天,谈谈私房话。

近期她约我喝茶,告诉我她快结婚了。

其实,我们早就踏入了剩女的行列,现在能听到这样的喜讯,我很为她高兴。闺密虽然长得普普通通,可是性格很好,率直善良。记得以前班上要是有人被欺负的话,她一定会出来打抱不平,如果看形势实在较量不过,她也一定会陪着你安慰你一晚上,还会把自己家里好吃的零食全部塞进你包里。

这样一个善良的人,我衷心地希望她有个疼她、爱惜她的好老公。

下午茶的时候,我们坐着聊天,我本想恭喜她找到了自己想要的婚姻,可她却先开口告诉了我,她找了个不爱她的男人结婚,婚礼在下个月末举行。

我当时就皱起眉头调侃道:"岁月真的可以让人妥协。连你也加入了为了结婚而结婚的行列,像父母低头了?或者说,你们两个都是被压力逼迫得不得不走到一起?"

这些年,我们对真爱的寻求度已经降低了。结婚,有很多种理由,但很可能并不包括"爱情",只因为需要婚姻。可是基于我这么多年对闺密的了解,她是一个不会向命运轻易妥协的人,更不是可以把爱情拿来将就的人。

所以,我真的很诧异。

闺密手中的咖啡匙不由得搅拌了两下,而后用一种很幸福的眼神看着我,我不由得一愣。对于要嫁给一个不爱自己的人,或者说是那种"父母发最后通牒"、"不得不"的婚姻,居然还能有这样的笑容?

也许,人真的是可以被改变的。

"你不再相信爱情了,不再信奉宁缺毋滥了吗?"见闺密不说话,我又问了一句。

闺密浅尝了一口咖啡,随后开口说道:"因为我爱他。"

这一句,又令我诧异和困惑。不过,这样一说,才让我觉得这才是我认识了十几年的她——倔强而霸气。

我很是期待地看着她,准备洗耳恭听。可是,她却来了一句:"当年司马相如以一曲《凤求凰》得到了卓文君,可是司马相如多年后却要纳妾,害得卓文君含泪写下了那一首'白首不相离'的《白头吟》。"

此一句,我恍然明白了闺密的想法。

她的意思是,男人当初说爱你又怎样,男人的爱始终无法永如初见。事实上,不单单是爱情,其他的情感又何尝不是?可换言之,我们为什么非要去纠结"永如初见"这四个字?

忘记它、淡化它、看轻它,其实人生会更美。

毕竟,爱情不是直线,生活并不单一。爱情和生活都是波浪线,有起有伏,有强有弱,能够走到哪里,全由心来掌控。我们无法强求一个人永远爱你,但我们可以试着去相信他愿意陪你走到最后。

这,便足够。

可是我不得不纳闷,既然她将爱情看得如此透彻,为什么还要选择嫁给一个根本不爱自己的男人来折磨自己的人生?既然选择了无视爱情,那又何苦非要找一个对感情如此在意的男人?而按照她的逻辑,爱自己的人尚且不能专一和长久,那么完全不爱自己的人不就更糟糕了?

所以,我不禁说道:"就连当时痴迷卓文君写出千古传颂的《凤求凰》的司马相如,最终也沦为了那一场风月,那嫁给一个根本不爱自己的人你认为会幸福吗?"

闺密的嘴角微微上扬,那是一种发自内心的淡漠的笑容。也或者,于她而言,这样的质问已经有太多人问过了。

"卓文君虽然伤心司马相如恋上了别的女人,可是她并没有失去婚姻。而且,卓文君面对的是一个活生生的人,而我面对的只是一段过去,一个回忆。所以,我面对的问题比她简单得多,而且我相信,付出一定会有回报,时间会让他爱上我。"闺密好似哲学家一样说着,表情是那样的自信。

不用闺密详说,听她这几句话,我就已然了解。她爱上的,是一个受伤的男人。那个男人上演着"新娘结婚了新郎不是他"的悲剧,所以,他就负气地随便找一个女人来应付自己、应付婚姻、应付父母。

他在这一刻,似乎看到了自己人生的尽头。

有那么一秒，我觉得人生是那么的诙谐而可笑。诙谐的是，我们似乎永远把爱放在了错误的地方。可笑的是，即便你知道放错了却依旧固执地选择放在那个错误的地方，最后挽着一抹早就预见的伤痛自我疗伤。

这个时候，我突然捕捉到了闺密脸上变换的表情，似乎掺杂了很多东西，可唯一不变的是对她自己选择的决绝。

为了缓和气氛，我想和她聊点轻松的。相信，聊她爱的男人应该是会让她愉悦的吧。

所以，我问道："他应该很优秀吧？"

是的，应该很优秀吧，不然又怎么能让一个女人心甘情愿地接受未来丈夫的心里装的是别的女人？

"他不怎么优秀，工作也没我好，长得也有点着急。"闺密很是自嘲地说道。

我顿了几秒，说道："可是你爱他的执着是吗？"

同为一路人，我可以很清楚地知道，财富无法令闺密动情，而闺密心中所谓的优秀其实就是那一颗爱上一个人就不变的心吧。

这也是她一直在追求的，只是追求得有些疯狂。因为，那颗不变的心，至少目前不属于她。可是，她却还是大胆地选择去顺从男人的自私，成为他疗伤的一个途径。

"认识他也蛮偶然的,是一次朋友聚会,他是朋友的朋友。当时,就听朋友说他女朋友把他甩了,所以拉他出来K歌,可是他从头到尾一首歌都没唱过。我找他说话,他也没搭理我。"闺密不禁笑着说了他们是怎么认识的。

"看来,你后续做了不少工作。"我笑着回道。

"后来基本都是我找机会去接近他。他容易低血糖,只要每次我们大批人一起出去玩,我就一定会带上巧克力或者他爱吃的萨其马。人又不是木头,所以他还是搭理我了。"闺密说着的时候,表情洋溢着幸福。

不难看出,闺密是真的爱这个男人。

"所以你也确定,他一定会搭理你一辈子的是吧?"我当即调侃了她一句。

闺密的笑容突然收起来了,顿了几秒说:"我妈一直反对我嫁给他,确切地说我顶着我们全家人的反对。因为我跟他的生活圈子其实比较近,很多人都跟我妈说了他曾经很喜欢一个女孩子,还是那种一根筋的喜欢。只不过最近,他父亲身体不好,说真的很想看到他快点结婚。可这对我来说,倒是正中下怀,你看,我也老大不小了不是吗?"闺密说着又自嘲地笑了笑。

短短的几十分钟内,我看到了一个非常复杂的心理变化。所以，作为好朋友，我当时也真的很想劝她不要这么冲动。可是我知道，如果我说了，她会更失望、更伤心。

所以，我咽下了要说出口的话。

我给了她祝福和支持。

其实，人生在世，难得遇上自己愿意豁出去尝试的事，那么我们又何必去泼冷水。而现在的闺密并不是十七八岁的年纪，她有自己的思想，自己的人生观，以及承担后果的能力。况且，我们不能说这个后果一定是会被承担的。或许，这个后果根本不用承担，而是美好的、延续的。

一个月后，婚礼如期举行。

我看着闺密穿着圣洁的白纱，画着精致的妆，等待出嫁。

可是，当伴娘在堵门索要彩礼的时候，新郎却在外面说了句："你不开门，那我就不进去了。"

这一句话，是如此之重，如此之痛。

那一刻，在房间里的家人、朋友，都傻了。

我看着闺密，想着到底需要怎样的一份勇气去接受这样一个男人？或者，婚前交往的时候他就是这样对她的？

新婚嫁娶，是多么喜庆的日子，实在不应该变得这样沉重。于是,我和其他了解内情的朋友就立马跑出来打圆场,说道:"新郎果然男人,以后压得住场子,来来来,放行放行。"

一堆人说说笑笑地,就这样把门打开了。

我按着闺密的肩膀,示意她撑住。

"没事,他现在这样,不代表以后也这样。"闺密凑到我耳边说了这样一句。

我不得不钦佩她的感情和心理承受力,大方地调侃道:"认识你这么多年,强悍果断不输当年。"

闺密当即笑了笑,走出去。

这个时候闺密的父母拉长着脸站在旁边,录像的时候他们都躲得远远的,我知道他们的愤慨和不满。

"阿姨,我们先下楼去准备吧。"于是,我拖着闺密的母亲先下了楼。

有些话不能向外人道,我看到了一个母亲对女儿幸福的担忧和心痛。

后来的过程变得平淡了许多,因为大家都看出了端倪,所以也就不在这个时候去寻根问底,制造难堪了。

婚礼上,新郎没有说一句话,只是站在新娘旁边而已。婚礼发言都是闺密在说一些官方的贺词,而他的表情应该是期待婚礼快些结束吧。

那时候我在想,这个男人的心里究竟在想什么呢?

对他来说,身边的女人不是他想要的,是否也是一种讽刺和悲哀呢?

可不管怎样,他们两个结婚了。

从另一个角度来看,闺密还是幸福的,因为她找到了她爱的人,所以她早就给自己换上了金刚不坏之身,迎接一切。

婚后,不出所料的是他们没有度蜜月,也没有各种浪漫的晚餐。实际上,从认识到交往开始,他们之间比白开水还平淡。也或许,他们需要的只是那一杯水,一份静默。

三个月后,我打电话给闺密,问她过得好不好。一接通电话,我就听见了嘈杂的声音,她似乎在大街上。

"我先不跟你说啊,我现在在广州,忙着见客户呢,回头跟你说啊。"

不容我问一句,电话就挂了。

广州?见客户?我一下子没反应过来。因为闺密是在一家知名的外企做秘书的,根本不用到处跑。办公的环境也非常安静和优雅,怎么突然之间搞得像跑市场的?

那一天,我都在想闺密的事。然后一直等到了晚上,大概十点的时候我才等到了闺密的电话。

"我换工作了,现在每天都要跑不少地方。"

"一个月七八千的安稳工作你不做了?去跑市场?"我非常震惊地问道。

"因为老公想换个城市嘛。"

老公?是的,那个男人是她的老公了。

"他说走就走,你就这样跟着他,辞掉那么一份好的工作你不可惜吗?"

"可是他坚持要到别的城市去,难道让他一个人去吗?"

这一句,我沉默了。

半晌,她又说:"其实,他是准备自己做红酒的生意,他一个朋友有这个渠道。现在,他把心思都放在事业上我觉得这很好。晚上我们会一起谈很多规划呀,怎么拓宽业务,要是太晚的话,我就给他煮个面条。"

从她的口吻里,我听出了一份小小的幸福。还有,那声音的沙哑。

相信,这段日子她很累。

"那你现在多久回来一趟?"我不由得问了句。

闺密沉默了会儿,说:"看吧。"

简单的两个字,我却看到了简单后的复杂。父母,一定还不肯接受这样一个女婿,也无法释怀女儿的这份坚持。所以,她唯有带着自己决然地走下去。

之后,又过了一年,闺密回来了。

她来我家找我,还带了不少礼物。不过对我来说,最大的礼物是她带着她的丈夫一起来了。

在开门那一刹那,看到闺密老公也来的时候,我就会心地笑了。

因为我看到了属于两个人的幸福。

之后了解到,闺密的老公现在生意做得不错,和一些中小型酒店的餐饮部、企业的人事部都建立了合作的关系,营业额已经比较平稳。她现在就负责公关和市场,男人就负责进货商谈之类的,再过一年他们会去别的二三线城市再拓展一下。

聊了几句之后,就到了吃饭时间,就在我们楼下的饭店随便吃一下。在男人打电话的间隙,闺密对我说:"从创业伙伴走向爱情,其实也不错。"

"是不错,我看出来了。"

最关键的是,闺密说:"我怀孕了。"

"恭喜你。"心中有不少话想说,可是蹦出来的就是那几个字。

我们相视而笑,一起举杯喝了一口橙汁。

在送走闺密和她丈夫之后,我一个人靠在阳台上想了很久。其实,我们可以忽略掉爱情开始的不美好,不要预先评估它的结果。因为,人和事、情和义都是随着人生在变幻的,人心不是石头长的,只要用智慧和一颗真心就可以把一切修建得很美好。

即便来时,是不被期许的。

可结果,却可以是期许的模样。

//别让心染上别的颜色

走在巴伐利亚州西南部的一个小镇上,我看到了安徒生童话故事里描绘的城堡。在蓝天白云下,在葱郁的树林怀抱中,在温婉流动的河水边,抒写着绝美的景致与各种遐想。

只是,不论多美的景致都无法挥去我心中的灰暗。

这次来德国,是来看望姑姑他们一家,但事实上我是来放逐我自己的。

可显然,我没能脱离那份繁杂。

我看着这里的流云,望见的是从事同行的伙伴Ada的脸。Ada很为别人着想,非常热情且有很强的工作能力,但这些也促成了一个元素,容易被人欺负和利用。

而那个欺负和利用她的人是我。

认识Ada是在广告设计的培训班里，我们俩年纪相仿，很谈得来，也都爱玩Photoshop，希望从事的工作也是图书装帧设计。因为我们都很羡慕会写书的人能拥有一本精美的、印刻着自己名字的书。但每个人的长处不同，对于文字我们实在无力。可是，我们还有一个途径可以让书上也刻有我们的名字，那就是成为图书封面设计师。只要我们的设计被采用，我们的名字就可以有资格被印在书封的勒口上，这便是一种莫大的荣耀和成就。

于此，我和Ada在这里相遇了。

Ada很有天赋，老师一说她就会了。蒙版、图层、通道、抠图，这些她很快就能熟练运用，随后她就找了各种背景图来做设计了。她做的排版和调色，总是让一张本不起眼的图片变得文艺清新，就好似一个死气沉沉的人瞬间变得灵动可人。

是的，她做的图是可以带给人感动和意境的。

可我却不同，我只会一板一眼地操作，就连图层合并我都研究了好久才学会。每当我看见Ada做的成品图，我就会觉得自己做得太烂了。

一次，Ada看出了我的落寞和气馁，便说："排版设计讲的是创意和灵魂，首先你要把每张图都想成一个你爱的人，那样你就会很用心地去发现她的美,找出属于她的味道。"

这些道理我都明白,可是并不能很好地领会。

下了课,Ada回到家还在网上跟我视频,手把手地教我操作。还说:"如果你实在没有什么灵感的话,你可以到网上看看那些书的封面。我们搞设计的最忌讳的就是抄袭,但是很多时候,学一样东西都是从模仿开始的。"

我很感激Ada一直耐心地教我,我们也因此成了无话不谈的好闺密。后来我们商量着,反正都是一个人在外漂泊,不如干脆合租住在一起,这样既省钱也有伴。Ada很高兴,非常赞同,我们很快就一起物色了一间房子,搬了进去。

那时候,Ada在一家图文工作室做排版,我在一家咨询公司做文员。每周二、四我们一下班就一起去培训学校上课。Ada比我早下班,会回家做点吃的带给我。有时候是寿司,有时候是三明治,有时候是很可爱的饼干。Ada真的是一个很感性,很有生活情趣的人,她也从不计较你为她做过什么,她总是说别人爱吃她做的东西她就觉得是一种幸福。

多好的女孩,是啊,多好……

我深呼一口气,看着天鹅堡蔚蓝的天空,心中却下着雨。

思绪,继续游走。

课程结束后,我好歹考试通过,拿到了资格证书。也就在那天,一个高中同学在网上找我,说她进图书公司工作了,当了一名编辑。我瞬间觉得这是一个人脉,一个不可或缺的资源。之后,我就经常和她联系,约她出去吃饭。几次聚餐之后,她给了我一个机会,说是她手里有两本青春小说需要封面,问我要不要试试。这样的天赐良机我怎么可以错过?

我没有把这个机会告诉Ada。

因为我知道,如果告诉了Ada,那么我跟她之间一定是她被选上。

那一晚回家后,我没睡着。我看着Ada一个人整理屋子,一个人切水果,一个人做奶昔,一个人甜美地笑着。

"心情不好的话,喝一杯草莓奶昔一定会让你忘了烦恼的。"我正一个人呆坐在沙发上,Ada却拿了一杯奶昔递给我。

我接过奶昔,心里翻滚着各种情绪。可最后,功利没过了友情。我满脑子想的就是怎么做封面,怎么被选上,怎么出名。

我放下杯子,没有喝奶昔,漠然地走进了房间。

Ada只知道我可能遇到不高兴的事了,便不再来打扰我。

大约半夜两点,我睡不着去阳台吹风,恰巧看见Ada的笔记本电脑放在餐桌上,还忘了关。我知道Ada每天都坚持练习作图到很晚,她已经不满足于仅仅会排版,现在的她已经能够自己画手绘和设计原创图了。

不知怎的,当我看着发亮的屏幕,我的脑子里就泛起了一个邪恶的念头,我很想看看Ada最近做的那些图。我就这样,坐在了餐桌边。Ada为了不吵我,她的电脑一直是静音设置。于是,我决定上她的QQ。

在本机上登录QQ是默认密码的,我根本不需要输入密码。就这样,我没有道德底线地以隐身的方式上了她的QQ。我还知道,Ada有把图片压缩打包发去邮箱保存的习惯。因为她说,她电脑有时候会黑屏,会中毒,很多文件只有放到邮箱里才能找回。她还曾好心地提醒我,让我也记得打包到邮箱里多备份一次。

那时,我走火入魔般笑讽着她的天真是在为别人作嫁衣。

很快,我就进入了她的QQ邮箱,找到了她的备份。然后点击转发到我的邮箱,接着再把已发送的记录删除。

就这样,我得到了Ada一个月来存的图,而她存下来的那些都是她认为很不错的作品。

我回到房间,迫不及待地打开了我的电脑,把她的那些图下载下来。在读取那些文件夹时,看到那些缩略图我就震撼了。Ada确实很有天赋又很努力,文件夹里有各种题材的书封。从心灵到历史,从青春到古言,从玄幻到婚恋,从社科到少儿,各种各样的都有,而且每一张都非常有水准。

文件夹里还有一个子文件夹,里面是一些手绘图。她画了很多风景、纯美的少女还有萌萌的小动物。

我一眼就看中了一张手绘的哭泣的少女,特别招人怜爱。我觉得,这张和出版社需要的青春小说的系列文风格很匹配,忧伤治愈系,非常符合14~18岁的孩子们的口味。而后,我就像一个小偷赤裸裸地偷了她的原图。有了底图之后,我就进行了一些文字排版和合成,我花费了一晚上的时间把图给做出来了。

第二天,我请了假。并非我需要休息,而是我希望让自己混乱的心有一个调整的过程,好从容地去面对Ada。

一周后,我那个在图书公司做编辑的同学找我了。不出我所料,Ada的底图被编辑们赏识且赞扬了。电话里,同学连连夸我有才华,有创意,说他们编辑组一致通过,决定用这张封面。下午,她就发了一份封面合同让我签署。

我兴奋之余总会恍然地想起Ada,尤其是在设计师的署名处签上我名字的那一刻。

之后,从出片到印刷大概一个多月的时间,那本书就上市了。我拿到了编辑给我的样书,看着自己的名字心潮澎湃。

但同时,我觉得我无法再面对Ada。我想了整整一个月,便以我父母要过来跟我一起住为由搬了出去。Ada也因为这样，不得不重新找房子。

而后，这件事一直深深埋藏在我心里。

很奇怪，在我们得到了一直急切渴望的东西之后就会突然没了热情，尤其是那种得到是建立在"偷盗"的基础之上。之后，同学又找我出去喝茶，还介绍了其他公司的编辑给我认识，说以后可以合作，价钱还可以给我涨一些。

我笑脸应对之余，觉得很不安，于是我以最近工作很忙为由拒绝了与编辑的合作。

就这样，我浑浑噩噩地过着一天又一天，整个人似乎没了神采。直到半年后，我接到了Ada的电话。

"许文欣，是你偷了我的图给出版社对不对？"

这是我第一次听见Ada那么凶狠地吼叫，我不禁泛起一身冷汗，手脚冰冷。

"我正在新华书店，这张少女图是我画的！你太过分了！"Ada再一次冲我吼。

我咽了口唾沫，无耻地嘲讽道："你怎么证明这是你画的，这张图的版权是我的。"

随后，只听Ada一阵怒骂，我直接就挂了。

之后的那几天，我不知道自己怎么过的，耳边不断地回响着Ada的叫骂，心里更是一阵阵害怕。我害怕被告，害怕被人知道。可后来一想，那些线稿和底图都在我这里，她根本没有办法告我。

但今生，我们再也不能同路。

我本想发短信跟Ada说，原谅我的冲动，我可以分给她图的钱。可是我又一想，我这不是白送证据给她吗？于是，我没有这么做。

后来又过了三个月，我接到了一个律师的电话。我很诧异，随后是惊慌，律师说是Ada起诉我侵权。

取证的律师跟我说，那张图Ada曾发送给她表姐看过，在表姐的聊天记录里有最早的创建日期。只要比对这张图的创建日期，就可以知道这张图是谁的。

我当即就傻了，立马给Ada打了电话，求她撤诉。

Ada的声音很平静，她说她并没有想过要告我，但是她觉得她也必须让我知道，作为一名设计师偷窃人家的创意是不对的。

我惭愧地说："我很抱歉。"

Ada随后说："我爸爸这次检查得了癌症，我想我以后也没有时间作图了，我要回老家照顾他，照顾弟弟妹妹。在这里，我也没什么朋友。我走了之后，可能不会再回来了。"

一时间，我不知道要说什么，只是傻傻地问："你什么时候走？"

"我已经在火车站了，你来不及送我了。"

我拿着电话，久久都说不出话来。

可当时，我还是以为Ada说的那些话是骗我的，没准转身就去告我了。于是，我去了她之前工作的地方找她，老板说她辞职了。她真的走了。其实，我更希望老板说，她没辞职，她请假了。因为按照我的逻辑，根本不会有一个人会那么傻。

可她，就是那么傻。

再后来，我打她电话也总是关机。我突然好担心她，好想见她，好想当面对她说对不起。可是，我根本不知道Ada老家的电话。

转眼，过了一年，这一年我始终没有联系上Ada。

有一天下了班，老板请客吃饭，吃完饭我就四处闲逛。经过一家饮料店，上面写着奶昔半价。此刻，Ada又再次浮现在我眼前。一年的杳无音讯总让我觉得Ada其实一直在恨我，所以换了号码，再也不上QQ和微信。

可不，连我也憎恨我自己。

我买了一杯草莓奶昔，坐在店铺里喝。闲着没事翻看着手机里的电话号码,翻着翻着我发现了之前无意间储存下来的那个律师的电话号码。心想,也许他能有Ada的消息。于是,我打了过去。

在我的介绍和询问之下,他才告诉我他原来是Ada的男朋友。紧接着他又告诉了我一个晴天霹雳的消息,他说,Ada在三个月前去世了。

瞬间我整个人都僵住了,泪不停地往下流。

他听见我在哭,便在电话里告诉我,其实Ada的父亲在Ada很小的时候就去世了,死亡原因也是因为癌症,而Ada是属于遗传。早在三年前,Ada就已经开刀治疗过一次,可是去年又复发了。在她觉得可能自己不能再活下去的时候,她选择回去跟亲人做最后的团聚。

我知道后,越发大哭了起来,哽咽难言。

电话那头,他对我说:"Ada真的没有怪你恨你,只是一个人走到尽头的时候,她想静静地待着。那会儿要起诉你的人是我,可是她却坚持不要。所以,我就打过来吓吓你而已。而那些图,如果没有你也许也无法问世。所以,我们都忘了这件事吧……"

我已哽咽得说不出话。

挂了电话之后,我在铺子里呆坐到了晚上。

原来Ada早就知道自己活不久，所以才拼命地作图。而我，却如同一个狠毒的刽子手在她的心口重重地划了一道。

逝去的人带着淡然去了另一个地方，而我带着亏欠和后悔无法重新来过。

在Ada离开的一年里，我曾对着月光说：若有一天可以遇上天使，我只愿她能赐我一方净土还我初心，让我重拾友人。

可是我又错了，人的心并非嘈杂或宁静就可以夺走，而是因为它沾染了别的颜色。

痛定思痛，我决定还给Ada应有的名誉。我去找了当初的编辑同学，一五一十地告诉了她我的所作所为，我不怕被骂被鄙视被封杀，我只求把属于Ada的东西还给她。

一抹金色的光晕落在了我脸上，思绪就此从回忆里穿越回来。

德国的乡村泛着纯朴的味道，空气中还飘散着一阵阵葡萄酒的香味。我怀着沉重的心情不禁走到了天鹅堡上，仰望天空。

Ada，你在那儿吗？

//终有一天,有人会许你无恙

沧海一粟虽然渺小到无力挣扎,但却仍然与海做伴,与飞鸟比邻,我们所拥有的,所看到的景象其实是一样的。

一出生,我就长得像个男孩子,长大了我也不温柔不漂亮,还一直留着短发。并不是我不爱长发,而是长发在我的身上无法谱写出那份柔情似水。所以,我身边的亲戚朋友总叫我假小子。我记得很清楚,初中的时候上女厕所,我居然被一个老师叫住,说这是女厕所男生怎么可以进去?

老师的表情是何等的严肃,而我又是怎样的尴尬?

经过解释,老师才万般不可思议地说了句,原来你是女的?

在上学的时候，我的性格脾气和长相一样很中性，正是因为这样反倒拥有了不少很要好的异性同学，我整天和他们扎堆儿在一起玩，篮球我也打，足球我也踢，军棋我也下。但女孩始终是女孩，尤其在那个斑斓的年岁里，总会憧憬着一份纯美的情感。那份情感可能跨越了友情，但也并非是爱情。

因为那时，我们都不懂爱，所以只是徘徊在欣赏和喜欢之间。

就这样，我受到了全班女生的排挤。即便不为了爱，但那种游走于男生之间的情谊多少都会令人嫉恨。每到中午吃饭，他们都叫我跟他们围桌吃，每当有物理化学题不会做，他们总是围着我跟我解释。

我知道，在他们的心中我只是他们的伙伴，一个"纯爷们儿"而已。可是，女生们并不这么想。

久而久之，我慢慢地发现我身边一个要好的女同学都没有了，就连跟我同路的人都纷纷远离了我。

那几天，我回到家就忍不住哭。

其实，在十四五岁的年纪里我们最渴望的是友谊，我们寄望最多的词语也是愿友谊能够长存。可是，那些年里我是孤单的。女生们只知道我好像独自霸占了男生，可她们却不知道我在男生们的圈子里发现他们一个个都有自己心目中的女神。

那是怎样的一种落寞和伤感，我无法言说。我只有继续装作快乐地跟他们一起疯，而独自在暗地里为自己叹息。

中学毕业之后，我如释重负。

对女同学们而言，更是不愿再看见我。

而那些所谓的铁哥们儿，也就此分道扬镳。

瞧，很多时候时间所凝聚的一些东西，都会在遇到路口时戛然而止。挥手道一句再见，转身得一场离别，何其短促而简单。

渐渐长大的我，发现了那时的可笑。

然而，和男生待久了性格也真的很男性化，我说话直，甚至很冲，想法又太理性。所以，那些优雅的女生们都无法走在我身边。于此，我之后的命运轮轴并没有得到改变。从高中到大学我都没有很好的同性朋友，也没能拥有与爱情交汇的玫瑰。

我就这样，走在"黑白两道"都无路的小巷里，默默流泪。

有些事，自尊心强的我无法向外人道。其实，我也想变得温柔，我也想有一头飘逸的长发，我也想在男生面前显得柔弱，我也一直渴望着拥有一份呵护。然而，这些在我的世界里是不被允许去拥有的。

听奶奶说，我父亲和母亲在我两岁的时候就离婚了。所以，从小他们就没管过我。我不是今天住姑姑家，就是后天住舅舅家，或者被寄放在邻居家。

留长发？谁为你梳妆？

像女生？我何以坚强？

我打开衣柜，里面没有什么裙装。唯一一件，是母亲离婚之后托人从日本给我寄回来的，可是她不知道，我已经无法穿上了。

就像她，已经无法再回来一样。

有些东西，扔掉了就是扔掉了。有些情感，苍白了就是苍白了。愧疚也好，思念也好，不舍也好，这都负担不起我承受的伤。

我深呼一口气，重重地关上柜门。

至于父亲，在母亲走后就更是整天无影无踪，他从来都不管我，就好像没我这个人一样。那会儿，我跟奶奶住一起，奶奶眼睛不好，腿脚也有些不方便。好多次，家里的灯坏了短路了，我无法做作业，我打父亲电话他永远说他有事，还说这点小事让我别烦他。我没办法，只好自己整电线，自己把电子镇流器给拆了拿出去配，然后再让卖灯具的老板教我怎么装。可是回到家，我还是弄不好。

跟着，我只好打电话找来了一个男同学帮忙。谁料，被有些邻居向我爸告状，说我不学好跟人早恋。第二天一大早，我爸就对我又打又骂，还说我像我妈一样不要脸！奶奶惧怕父亲的狂躁脾气，之前也很恨我母亲。所以，她没有帮我说情，就看着我被父亲打。

那一天，我觉得我浑身是伤。

之后，父亲搬出去住，彻底离开了我。

两年后，令我唯一挂念的奶奶去世了，我默然地送走了她。她走得很安详，很平静，是在睡梦中死去的。他们都说，这是老死的，是最不痛苦的死法。

奶奶一生生了七个子女，并没有得到多少子女的照顾和眷恋。爷爷去世之后，她一直一个人守在他们的房子里。而我父亲是其中最小也最不懂事的一个。是的，不懂事。即便他从未尽到过父亲的责任，但我仍然不愿用刻薄的词语去数落他的不是。

毕竟，他也有伤。

哪一个男人不想发达，不想成为像马云一样的人物？可是每个人的能力有限，而能力有限了机遇也有限了。不是每个人都能够拥有掌控自己未来的本事,也不是每个人都拥有将领一般的霸气。父亲性格中的优柔寡断,导致了很多机会的流失。最令他后悔的,是他没有选择留下母亲。

可即便这个世上有时光机,我相信那样的父亲依旧无法留下母亲。

那年高中暑假,舅妈生病住院,奶奶说我小时候舅妈待我很好,让我多去医院照顾一下。于是,我就做了一些鱼汤放在保温瓶里带过去。那时,舅妈可能见我长大了,便对我说,我母亲其实并不像父亲和奶奶说的那样,我母亲很勤快,还烧得一手好菜,非常能干。所以,她一心想开一个面馆,做各种风味的面条。可是父亲和奶奶都反对,因为母亲家里没有钱,如果要开店,必须父亲拿钱出来。父亲的想法很保守,能保持着温饱他觉得已经不错,要把那些辛辛苦苦存下来的钱拿出来做生意,他是怎么都不肯的。

这件事,让一心想创业致富的母亲觉得未来一片黑暗,也觉得跟着这样的男人可能一辈子都看不到阳光。于是,她渐渐地和一个开涂料厂的主任好上了。那个男人很欣赏母亲,而且没结过婚。说只要母亲肯跟他走,他就愿意跟她结婚然后投资开店,当然这条件里面不能包括我。

舅妈说,她和母亲早就认识,关系一直很好。所以,临走之前,母亲找她谈了谈。希望等我长大之后,让我能试着体谅她的苦衷。还说,当初她选错了人,让我今后千万别再选错。

母亲现在和那个男人一起在日本生活,据说在那儿开了好几家店,也有了两个孩子,生活得很幸福。

我不能用自私来形容母亲,因为人不是水,总往低处流。凭良心讲,谁不想站得高,看得远?

舅妈问我,恨不恨她。

说不恨不怪是假的,可如果母亲一心决定要找人另嫁,那么她迟早都会走的。既然这样,那就在我还未认识她之前走吧。

至少,她走的时候我还什么都不懂,不懂什么是哭,什么是悲伤,什么是被遗弃。

大学毕业后,因为专业和性格的关系,我觉得适合我的工作只有IT业。于是,我进入了一家还算比较大的通信设备公司。

这个行业,男人比较多。我进去之后,成了为数不多的女孩子。但我的经历告诉我,稀有未必就能有吸引力。所以,我从没有想过爱情。

我兢兢业业,一心把精力和时间全都放在了工作上,别人不愿加班我加，别人不愿出差我去，别人觉得辛苦的项目我接。

大概过了三年，我的能力和态度受到了领导的认可，他们把我的职位提升了一个等级，月薪也上涨了。我很高兴，也很兴奋，我手底下居然有"兵"了。

就在那个时候，后知后觉的我被一个男同事拉到了员工休息室喝咖啡。我没多想，就站在那儿倒咖啡。

结果，他跟我说，有个男同事喜欢我很久了。

我当即就傻了，按着咖啡机的手不禁愣住，咖啡都溢了出来。

"你还真是少根筋啊。"同事不禁调侃我。

我很想说，不是我少根筋，是我不应该有这根筋。

"少宏约你去打网球呢，就这个星期天，一起去吧。"

我的脑袋真的一片空白，我看着同事，一句话说不出来了。

"那就当你默认了，我去跟少宏说了啊，下午两点在你家楼下等你。"还没等我反应过来呢，他就走了。

就这样，我稀里糊涂地去了，打球就打球呗。

我跟少宏同一年进的公司，相处也好些年了，他现在在另外一个部门当上了经理，比我高一个级别。

少宏平时话不多，但很认真。他见我不太会打网球，就从拿拍到挥拍到接球一步步耐心地教我。我虽然没女人味，但有运动天赋，很快就学会了。少宏不停地夸我打得好，说我孺子可教呢。

后来，我们每到周末就去租场地打网球，慢慢地发现彼此在一起很和谐。少宏告诉我，他不太喜欢柔柔弱弱的女孩子，也不喜欢凡事都依靠男人的女人。他不是不愿意照顾别人，也不是希望能蹭到女方的钱，他只是希望自己的另一半是一个思想独立，有见识，有智慧的人。他不在乎你月薪多少，只希望你的精神是富足的，你的追求是正面的。

他说，只有这样的两个人才可以走完人生的路。

我觉得他说得很对，与他的感情也得到了进一步的升华。

能找到一个欣赏自己的人很难，那段日子我很感动也很幸福。那种感动是我二十多年来都不曾体会到的感觉，那份幸福更是让我觉得像流云一样的飘忽。好像它们随时都会消失，好像它们只是幻想，是那样的不真实。

"十一"放假，我回了舅舅家，主要是去看舅妈的。

现在，只有舅妈是我最信任的人，她也是最关心我的亲人，茫然的我很想找她诉说。到了那儿，我就把少宏的事告诉了她，她很为我高兴。说着说着，她还忍不住落泪。

她说，上天还是有情的，所以一定会赐我一个疼我爱我的丈夫。

看着舅妈落泪，我也不禁红了眼眶。

后来，舅妈还笑着说让我从现在起要开始留长发了，因为新娘子都是长头发的，这样盘发才好看。

我说不用了，我都习惯了。

舅妈拉住我的手，说了一段话，这段话让我顿时泪流满面。她说，她知道短发可以让我维持坚强，而长发会让我感怀无助，所以我一直不肯要它。可是今天的我，已经不是长发短发就可以打败的了。她还说，不要再觉得自己是孤独的，是渺小的，因为将来有人会陪我一起走了。

那一晚，我和舅妈睡在了一起，我的心里也一直渴望着那一份平凡的幸福。

转眼，又过了一年。

少宏对我还是很好，还跟我提出了结婚。我不用浪漫的表白，也不需要大批量的玫瑰，我要的只是一个人的一颗真心。

于是，我们结婚了。

那时，我的头发总算到了肩。

少宏在结婚仪式上说，穿上婚纱的我让他惊艳，原来我不单单可以是帅气的，还可以是优雅的，他说他还看到了一个有棱角的女孩放下了那些锋利，他说他一定会好好珍惜从钻石变成了珍珠的我。

那一秒，我流着泪，拥着他，对他说谢谢。

当我们觉得上天不公的时候，我们不用去埋怨，去憎恨。因为发生了的始终无法抹去，而埋怨和憎恨只会把我们的心也涂上黑色。其实，没什么大不了的，也没有什么日子是过不下去的。

待你敞开怀抱，终有一天，微风会落在你曾哭泣的脸上许你无恙。

//爱，在时间中沉淀的完美

决定嫁给他时，我并不爱他，只因周遭都觉得女人终究还是需要一个婚姻。

那一年我三十二岁了，绝对的大龄剩女。纵观初中、高中到大学的同学，他们结婚的结婚，生子的生子。要是我再不把自己解决了，我就再也融不进他们的育儿圈和亲子圈了。

前两年的聚会，我就已经觉得我没法和他们交流了，一个桌子上有三分之二的人都在聊孩子，聊几个月会爬了，聊生病的时候多么着急，聊现在小学的数学题多么奇葩。瞧，我都插不上一句话。

一路读书读到了博士，我真的发现我把自己的人生道路读窄了,人也读傻了。很多事情我很较真,说话也直,哪一句话得罪了人我也不知道。所以,男人们从不会对我展开追求,只当我是一个工作伙伴。

三十二岁那年夏天,曾经的导师说要给我介绍个男朋友,还劝我说:"别要求太高了。学历,身高,长相都不重要,会过日子就好。"

我说:"好。"

于是,我们就见面了。那人叫周晨,年纪也不小了,三十六岁,在一家通信公司上班,平时经常出差,一出差都是个把月。那人其貌不扬,个子也矮,才一米六五。可是冲着老师的话,我决定交往看看。

周晨看着很憨厚,也不太会说话。我说我平时喜欢看一些展览,他却说他只喜欢宅在家打游戏,这实在是太迥异的爱好了不是吗?跟他聊文学,他说不太有兴趣,说历史,他说他记性差,总搞不清楚哪个朝代发生了什么……

我瞬间沉默了。

回到家,母亲问我谈得怎么样,我能说怎么样?我笑笑不予置评。可母亲却对我一顿数落,说:"你过了年就三十三岁了,人家二十三岁的都有男朋友了,你还挑剔什么?"

我无语,我这也叫挑剔?难不成是个男人我就得要?我还没来得及反驳，母亲又说："我跟你爸都六十岁的人了，你再不结婚我们没准连外孙子都看不见了。"

"妈……"

"你爸有糖尿病你不是不知道，他从五十多岁就盼着能见到你男朋友，能早点有个女婿，结果一年又一年的，你爸等得多焦心？"

"妈你放心吧，今年我一定会结婚的。"说完，我就回自己房间去了。

我知道，就像有些人在背后嘀咕我一样。我二十三岁的时候都没有遇到好的男人，难不成三十二岁还指望遇见高富帅？

我想了一夜，决定包容那个叫周晨的男人和我相处的各种不和谐。不过，这话又说回来，他倒是从不觉得我们俩不合适。我个子比他高一厘米，又因为从小学游泳的关系我的肩膀很宽，我们俩站一块儿，他是那么的小鸟依人……

好，我认了，只要他不提出分手，我们就这样吧。

就这样，我们莫名地耗到了秋末，我知道父母希望我早点结婚，于是就干脆直接跟周晨说："我父母想让我今年能结婚。"我本以为他不会赞成，因为我们之间的交流其实挺少的。由于没有共同的兴趣爱好，所以我们每次约会就是吃饭，餐馆倒是去了不少。

谁想，周晨立马一本正经地回答我："我也想早点结婚，怕你不同意。其实，婚房我早在房价没涨的时候就买了一套，一直没装修。"

我顿时就愣住了，问："你买了几年了？"

"快十年了。"

我"扑哧"笑出来，差点被橙汁给呛到。

"当时首付才几万块钱，现在翻了好几倍了，那会儿我还是贷款买的。后来还清了，我又买了一套。"

我突然觉得，这人挺有经济头脑，也挺逗的。

"行吧，那就年底结了吧。"

"年底？行……行啊……"

我看着他那个惊呆的傻样，不由得笑了起来。

离年底也就六十来天了，是有点匆忙，不过我答应了父母的事就必须做到。更何况，他现在有房子，住的问题就不用担心了。

"服务员，结账。"他猛地把橙汁喝完了之后，大声吆喝服务员。

"哎，我还没吃完呢。"

"那……那打包。"

"干吗那么急啊？"

"我带你去看涂料、地板、厨具、卫具什么的呀,这装修总得要一个月啊。"说着,他就拉着我直奔装修市场去了。

这是一个多么雷厉风行的人啊……

到了装修市场,我就见他一个个摊位地谈价钱,看他这个样子似乎什么都懂点。什么涂料比较好,什么地板比较合适,什么瓷砖不会裂,等等。

安排好了这些,他就带我去了他十年前就买好的婚房。那是个大厦,一层有近十户人家,有南北两个走廊。我们的房子在七楼,一室一厅,朝南,采光还算不错。我在屋子里闲逛,他就在客厅里给他的几个朋友打电话,说是要赶紧过来给搞装修。我也这才知道,他以前的几个同学开了个家装公司。

我顿时发现,他身上有不少"好处"。

就这样,我们结婚了。

我爸妈参加婚礼那天笑得合不拢嘴,男方的父母也是喜极而泣。敢情,他们是激动于把我们这两个"老大难"终于给解决了。

婚礼上,司仪官方地问:"你愿意娶沈倩为妻,爱她,保护她一辈子吗?"

只见,他对着话筒大声地说:"我非常愿意。"

顿时掌声雷动,欢笑四起。

而我，只觉得有些可笑。一个三十多年都不曾同路和相识的人，在短短几个月的时间里居然要承诺彼此一辈子的爱和不离不弃。多么没有根据，也没有底气。

但是，我还是说了。

喝完了喜酒，我们就回了婚房。虽然刚装修完不到一个月，但是他选的都是环保材料，家具也是从老家搬过来的，说是祖传的，所以没有什么异味，可以放心地住。

第二天，我还在睡梦中，就听见了一声轻轻的关门声。我知道，周晨出去了。我没在意他是去干吗的，就跟着起床叠被子了。

大约十五分钟后，他上楼了。

"老婆，你起来了？"

老婆？被他这么一叫我有些别扭也有一丝温暖。我当即回道："是啊。"

"我给你买了油条、包子、豆腐花还有烧卖……"只见，他一包包地往桌子上放。

"你买那么多干什么？"我不禁问道。

"我不知道你爱吃什么啊，所以我就都买了，总有你爱吃的不是？"

我看着他，有一种感动在心里流转。

随后，我又看见门口他还放着一堆东西，我又问："那是什么？"

"哦，我买了一条黄鱼，一块牛肉，几斤白虾，还有一些蔬菜啊，姜葱啊。"他一边说一边把袋子拿进厨房。

对于做菜我并不太擅长，不过我看他倒是很熟练。

"老婆，这鱼我炖汤给你喝行吗？红烧的话这锅可能会粘。"他一边洗鱼一边说。

"行啊，我最爱喝鱼汤了。"我走到厨房，笑着对他说。

"你不吃早饭吗？"我走过去拿了根油条吃。

"我吃过了。没事，你不爱吃的就搁着，我中午吃。"

我看着周晨，觉得他把我想象中的婚后生活完全颠覆了。我以为，我跟他结婚之后也不会有交集，他上他的班，我做我的工作，我们工作都很忙，可能家里都不用开火，吃饭就在单位解决了。

但是，并不是我想的那样，原来我们的婚姻生活是可以如此温情和愉悦的。

之后的日子，只要周晨不加班，他都回来烧菜做饭给我吃，就连碗筷也一起洗了。他还说，让一个女博士来洗碗，实在太大材小用了。

我不禁又笑了。

三个月后，我怀孕了。

这下，可乐坏了周晨，而我也变成了"一级保护动物"。我去帮忙倒个垃圾，他说不行，不能弯腰。去超市我想提点东西，也被他给制止了，说怕我累着。然后，整天买鸡鸭鱼肉给我吃，说大人小孩都要有营养，这样才会健康。

怀胎十月，女人是很不容易，可是周晨也同样不容易。我也才发现，我已经一点点地爱上这个男人了。同时，我也看到了一个好男人的优秀品质，他不抽烟，不喝酒，顾家，有责任心，他很疼爱我。

生下孩子之后，我们过得平淡无奇但也幸福无比。自从有了孩子，周晨尽量回绝了单位里的出差要求，一门心思在家里照顾孩子和我。

后来，我的父母和周晨的父母轮番来看孩子，我和周晨也就恢复了各自的工作。

一天晚上，我哄完孩子睡下，周晨还在客厅里。我以为他又在跟老外开会，或是回一些工作邮件。后来，大约十点半，我出去上厕所，发现他正在洗澡，我就瞄了一眼他的电脑。

结果，让我惊讶的是，他在给我名下的户头存钱，那个页面他还没关。

"哎，你没睡呢？"

我摇了摇头。

"哎呀,被你看见了,这不就没惊喜了。"

"你这是干什么呀?"

"最近孩子的花费不少,没能存上什么钱。我先给你建了个支付宝,想等你生日的时候给你存满九千九百九十九块钱,代表爱你们一生一世嘛。九百九十九朵玫瑰咱觉得太浪费,这九千九百九十九块钱可以随你买你想要的。"

我听了,非常感动。

"你知道的,我不浪漫,也没什么本事,我也真的不太会挑礼物……"

听了这些话,我有点想哭,我顿时扑倒在了周晨的怀里,紧紧地抱着他,说:"我爱你,周晨,我什么都不要,你在我身边就好了。"

我很庆幸自己嫁给了这个男人,若当初我觉得眼前的这个男人是不值得我爱的,那么现在我要毫不犹豫地向全世界说,我爱这个男人,我爱我的丈夫,我爱周晨。

世界上有太多的绚烂和魅惑,可没有一种绚烂和魅惑可以倾覆一颗真心带来的感动和温暖。我们不求人生有多么辉煌,但求有一个人会永远真心待你。

而爱,也会在时间中沉淀得如你所想,会慢慢地趋于完美。

02
CHAPTER

慢慢来,一切都会是期许的模样

以自己喜欢的方式·过一生

鲜花可以带给你浓烈的香艳
却无法成全你心中所渴望的温暖和天长
而那一抹不起眼的流云背后
也许隐匿着最抢眼的光芒

//生活不易,请微笑

如有来生,我愿为树,一叶之灵,窥尽全秋。

这是一句我非常喜欢的话,我不知道出处在哪里,也不知道写者何人,但我深深地被这句话吸引。

大树是宁静的,是悠远的,是包容的。他收下了阳光,容纳了雀鸟,庇佑了那些途经他身边的路人,给他们歇息,给他们遮阳。大树又是落寞的,是无奈的,是伤怀的。他孕育了新叶,更迭了气候,落尽了繁华,承受着萧瑟。

那一番始末,亦如我们的人生。

没有人愿意凋零,成为荒芜的枝丫。可你要知道,荒芜了的枝丫才能开出更娇艳的花,让你我懂得珍惜它的美。最近有个邻居，在朋友圈里发了好几张他亲手养的昙花，他从两片叶子的成功培育，一直等到今天的开花结果。从慢慢怒放到刹那芳华他都一点一滴地记录，一点一滴地观察。

那个深夜，他就一个人拿着单反坐在阳台上，一直注视着昙花。他知道，昙花即将盛放，他很想捕捉昙花一现的优雅和短促。

当昙花的花蕊慢慢绽放，他眼睛眨也不眨地看着它，生怕一个走神就会错过了任何一个细节。待他欣赏了昙花一现的美，在惊艳之余也不得不发个感慨：人生短促，珍惜当下吧。

是的，人生短促，需要珍惜。

一个人遇见另一个人是一种缘分，不论你讨厌他或喜欢他。一个人遇见了不如意，不管伤心还是委屈，也都应当作是一场美丽的意外，那样，就会少一些泪水，多一些微笑，得一份淡然。

群里认识一个朋友，她的网名叫"不念花香"，她在群里一直很活跃，且很直白地告诉我们，她是一个单身妈妈。我听了有些伤感，也有些佩服。"不念花香"说，她女儿十岁了，女儿是她最贴心的知己和朋友。群里有人问她，不再找个人结婚吗？她说，不了，还说一辈子她的心只爱一个人。

太执着了不是吗?

大家都纷纷劝她说:男人无情,你何必挂心?

可是"不念花香"说,一个曾说深爱她的男人在走了多年的人生路上,狠心地转身走掉,那么她应该如何相信,另一个在半路相遇的人就能陪她一直走下去呢?而她更爱她的女儿,她也不相信一个连自己的父亲都不愿去疼的女儿,别的男人会去疼。

也许,"不念花香"是消极的,是悲观的。

但,也不乏无奈和不可忽略的困境。

这样的一番话,让原本频频闪动的窗口变得没了颜色。大家都陷入了一种沉思,一种落寞和一种叹息。叹息人心的无常,叹息誓言的脆弱,叹息生活的现实。可"不念花香"的心态还是很健康的,她每天给女儿做好吃的,跟女儿谈心,节假日和女儿一起报个旅行团,看看山野的辽阔,大海的波澜。

女儿也一直很疼"不念花香",母亲节总给"不念花香"送上精美的礼物,或是精心挑选,或是亲手制作,那一份浓浓的母女情冲走了太多在婚姻里搁浅的石头,让生活这条河流变得清澈、简单、纯朴。后来,"不念花香"还给我们看了她和女儿的照片,两个人穿着母女装,俨然是一对美丽的姐妹花。"不念花香"的笑容里没有故作的幸福，只有知足常乐的宽容。

而那位潇洒转身的父亲，相信也会在多年后，遗憾他错失了这么懂事的、贴心的、可爱的女儿和妻子。

我们不用恶毒地去诅咒，他会过得怎样不幸和不快。

至少，在他的心中会永远埋着一个亏欠和被道德批判的抛妻弃子的头衔。

快下线时，"不念花香"说：生活不易，学会微笑吧。

在繁忙的人生中，我们追求着一种幸福，可是幸福似乎也渐渐地变成了一种传说。有人为了婚姻伤透了心，有人为了工作疲于奔命，有人为了亲人的安康流尽了泪。各种不好的状况好像都层出不穷地发生在我们的身边，把我们带入了悲剧里。其实，在我们走进悲剧的同时，是可以试着改变剧情的，你的一言一行都能让悲剧朝喜剧方向发展。

而一个人也总要试着让自己走一次陌生的路，看一处陌生的风景，做一件陌生的事，待我们经历过了，俯瞰过了，我们就会发现风雨不是不可躲避的，障碍不是无法跨越的，美好不是一直停留在那里的。

"不念花香"下线后，我也关了QQ，准备出门走走。

我在楼下，遇上了一个阿婆，这个阿婆是住在对面那幢楼的。阿婆每天都一个人推着小车到街上去摆摊儿，专卖一些女孩子用的发圈和发箍之类的小玩意儿。

虽说是邻居吧，但没怎么聊过天，我也只是看见她一个人进进出出地买菜、散步，和人闲话家常。

我跟着阿婆，见她在街上停了下来，开始摆起了地摊儿。我便笑着走了过去，看看有没有我喜欢的款式。我一边挑选，一边跟阿婆聊了起来。

我问阿婆："您今年多大年纪了？"因为阿婆已经满头白发，看着年纪应该挺大了，但是精神看起来很不错。

"我八十四啦。"阿婆笑着说。

"八十四啦？那您怎么还出来做买卖呀，可以在家休息啦。"我不禁说道。

"我小女儿还没结婚呢，我大儿子已经死了，二儿子在黑龙江，太远啊。"阿婆很爽朗地说道。

"哦。"我听了，突然觉得自己没办法接话。

"我女儿今年五十啦。"阿婆见我不说话，主动跟我聊了起来。

"五十了，没结过婚吗？"我很本能地问道。

"她就说一直看不上啊，身子也不太好，就弄成这样啦。她还没有工作啊，全靠我这点退休工资，我不放心啊。趁现在身子骨还行，我还能赚，就给她多留点钱吧。"

阿婆的这一番话，让我的心为之一颤。

"您女儿为什么会没工作呢？"我放下手里挑选的发饰，不禁眉头紧蹙地看着阿婆。

"她是早产，体质本来就有些弱。之前去厂里干活，搬东西的时候不小心从三楼滚了下来，腿瘸了，手指也卡在机器里断了一根。"

好惨，这是我显现在脑海中的第一个反应。

"后来，她就干不了重活了，也没有单位要她。给她介绍对象吧，人家好的男人肯定看不上她，差的她又不想跟。"阿婆说得很平静，可我知道她很难过。

"我老头子死得早啊，我一个人把三个孩子带大，大儿子最有出息，这里的房子就是我大儿子买给我的。只可惜，他去年出车祸死了。"阿婆说着，提手抹了抹眼睛。我知道，那不是因为灰尘，而是眼泪。

我看着阿婆不知道如何安慰，只好岔开话题说："阿婆啊，您新进的几个发箍很漂亮啊，我都买了吧，每天能换着戴。"

"你人也长得漂亮，戴什么都好看。"

我看着她,泛起了微笑,也泛起了浓浓的敬佩。

我也发现,阿婆真的是一个很坚强的女人,她每次说到伤心处,总是用隐忍和微笑,以一种说故事的方法来减轻自己心中的悲痛。而这种面对悲痛,诉说悲痛的方式也是令她至今看起来豁达、健朗的原因吧。

买完发箍,我突然想起了"不念花香"说的话:生活不易,学会微笑吧。

若人生如水,必当豁达,若人生是莲,一定清幽。可人生不是水,无法安然地潺潺流动,人生也不是莲,静待一日花开。

人生是曲折的,他蜿蜒,他泥泞,他随时变化着格局。很多时候,重现的景象总令我们措手不及,一刻的犹疑就会让我们一不小心错过了正确的路。可不管前方有什么,就让我们带上微笑上路吧。

//以自己喜欢的方式过一生

你说被火烧过才能出现凤凰,
逆风的方向更适合飞翔。

这是五月天的一首歌,每当彷徨孤寂的时候我就会听,我就会感怀其实生命就是一场逆袭和挫败较量的过程,就是风雨和彩虹并存的对立空间。

我回国已经十年,一个人生活也已经十年,无关亲情和爱情。

很多人不能理解这样的生活,可我觉得当你把生活中最需要的两种情分看淡以后,生活就不再有伤心和难过。

灿烂的阳光穿过橱窗，我看见了那一抹金色的光晕。

每天九点，我都在自己的店里制作西点。看着街上熙熙攘攘的上班族，看着他们忙碌的步伐，我的心情也会变得澎湃起来。

新的一天，又开始了。

我是一名西点师，经营自己的小作坊已经七年了，生意还不错。不过，因为房租超贵的关系，每个月挣的钱基本都供房租了，不过好在我过得很充实，也足够养活自己了。

很多朋友时常诧异地看着我，调侃说："人家都纷纷要出国，要移民。你呢，一出生就拥有了这样的条件却偏偏要留在国内一个人辛苦地活着。"

每次听到这样的话，我总是诙谐地笑笑，不予回答。因为我已经充分地理解了一句话，站在自己的角度看别人，你总觉得别人的生活比自己好，且心存质问。

没错，我是加拿大国籍，我父母在加拿大还有一套别墅，在香港还投资了两处房产。所以，在朋友们的眼中我简直太幸福太富裕了，我回国根本是自己找罪受。可是，他们却忽略了得失其实是相互关联的，你认为的幸福也未必就是幸福的。

纵观周遭，通常我们在得到一些东西的时候，就意味着我们必须要失去一些东西。而仰望的角度不同，你看到的景色也是不同的。当你站在高楼上看月光，你觉得月亮离你很近很明亮。可是月亮也许觉得，它拼了命地发光也抵不过霓虹的闪耀。

我父母在加拿大生活得很开心，可是他们的开心并不能感染我。因为，他们早在我七岁的时候就分开了，他们一人一个家，一人一个新的孩子。

而我，成了不该存在的那一个。

小时候，我不能明白为什么他们要分开，为什么我无法令他们留下。

随后，在我渐渐长大的过程中我开始慢慢了解，关于爱情，其实很多时候我们不用去探究她为什么不美了，为什么被弃了。因为，爱情就像是一个西点师烘焙创作的过程，制作的时候很精心，烘焙的时候很耐心，可是当出炉的时候很可能你突然不想吃了。

我对父母没有什么特别的印象，只知道他们永远在工作。

在我十七岁的时候，我跟父母提出了回国，他们惊愕之余也没有反对，只是要回去的也只能是我一个人。我深切地了解，他们倾其所有就是为了留在加拿大，所以他们这辈子都不会再回去。而我一旦回国，我跟他们的距离也就到了明显的分岔口。

我清楚地记得那天晚上，他们分别来看我，都跟我说，他们很尊重我的意愿,说要是我在国内待够了,可以随时回到他们任何一方的家里去住。

我没说话,只是在想:对于有了各自家庭的父母,相信我不管住在哪儿都会显得很不协调吧?

事实上,这也是我一个人想回国生活的真正原因。

而回国,至少我不用再烦心于这周是去母亲家还是父亲家,不用再想跟他们的孩子在一起我该怎样自处和交谈。

所以,我如一只南飞的雁,追切地回到了国内。即便国内对我来说是一座陌生的城市,可是黑头发黑眼睛给我的是一种不可言喻的亲切和可靠。

到了国内之后,我也没有什么亲戚朋友了。我父母那一辈人,能移民的都移民了,剩下的,是一些比陌生人还陌生的远亲。自然,也是无法往来。

可是,我爱这里的蓝天和白云,爱这里的阴雨绵绵,也许空气质量并不太优,环境并不太好,可我却可以自由欢畅地呼吸,做自我修复。

以前,我憎恨过父母的自私,觉得他们就像一个商贩,除了唯利是图什么都不会,还用轻蔑的态度来看待家庭的温暖。那段日子,我经常把自己关在房间里,沉浸在对父母的抱怨和批判中。可渐渐我发现,这样的我除了令自己更抑郁和低迷之外根本改变不了什么。而这个世上，能够帮助自己的人只能是自己。

就好比出生时的飞鸟，当父母教会了你飞翔他们就会离开。可如果你自己怎么都无法展翅，那么你只能跌入谷底，被大自然淘汰。

人生就是这样，除了自己没有人能拯救你。

事实上，一个人生活也没有什么可怕和凄凉，不用去想茫茫人海中你是孤苦无依的，不用去想一个人去餐厅吃饭很奇怪，不用去想三十岁了还没有男朋友会被人说闲话。

只要每天换一件漂亮的衣服，把昨天的灰尘洗掉，你就会觉得很舒适。不要像刺猬一样把自己包裹得很强悍，让别人解读到你内心实际的脆弱。该笑就笑，该倾诉就倾诉，没什么面子不面子。如果你一直对别人讲究面子，那么别人也会端着面子来伪装自己，那么你们的情谊也只能停留在河与河的对岸，你不愿走过去，他也不愿走过来的状态。只有袒露自己的真性情，才能得到朋友的真心呵护和关怀。

人都是相互的，伪善的人只能保有虚无的假面，无法深入别人的内心，同时还阻碍了自己寻求诉求和获得帮助。只有一个人，坦诚地面对自己的喜怒哀乐，才会让旁人也渐渐地放下伪装跟你一起站在生活的长河中，逆水而上。

身边有一群人始终不能理解像我这样一个出色的,有家庭背景的,有事业的女孩子为什么总是一个人来,一个人走。我也无法一一去解释,我想要的生活是怎样的。而即便解释了,又有多少人能够明白?

没有多少人能够品读"云淡风轻"和"孤芳自赏",有些人认为前者是超脱的圣人,甚至觉得那已经不应该是人类,而是神。至于后者,大家都抱以苍凉和嘲讽的态度,落下些许轻叹和扼腕。可是,我们又何必在意和强求每一个人都能够明白自己的初衷?

闲云野鹤的潇洒不是为官者能懂,上层建筑的幽怨也不是基层的人能了然。我们需要怎样的风景,只要自己一步一步走过去看就好。

我有个很好的闺密找我喝咖啡的时候说:"你现在做的蛋糕更入味了,因为你超脱了自己。"

是的,只有当你自己不再把自己看作是生活主角的时候,你才不会把生活留给你的不快乐放在心上,你也才会看到更多自己以外的东西。

闺密问我:"什么时候考虑婚姻?"

我托起一杯咖啡杯,告诉她:"只要我们以自己喜欢的方式过着就好。"

人生就是不停前行的旅程,
而唯有看过黑白才能涂鸦色彩。

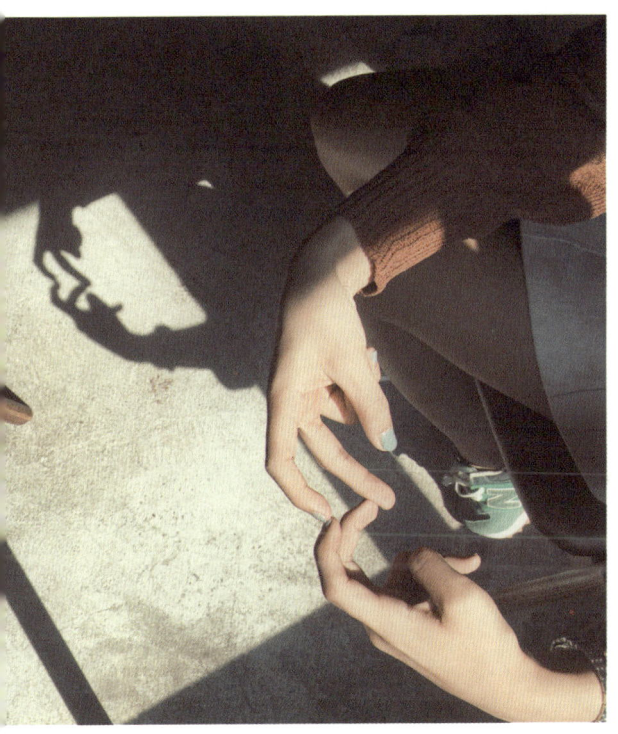

别用飞蛾的固执与浓烈,阻遏了更好的抉择。

不需要浓郁地张扬,
只需要素雅的初心。

如果没有遇见风,
要怎么去看飘摇的美?

时间很长,
经得起思考,
却耗不起停留。

别伤怀,
没有等不到天明的未来。

在醒着的时间里,做你认为对的事。也许会与这个世界不够默契,但也要努力碰撞。

我们需要的不是繁复华丽下的荣耀,
而是一个能给予温暖的简单的怀抱。

//鲜花的浓烈无法成全你要的永远

很多时候,表象充斥了我们的内心,夺走了她的透亮。

很多时候,迷途的人,总觉得自己没有走错。

有一个来自大山里的姑娘,她叫刘蓉,在喝完了一场城里的喜酒之后,她就变了模样。

只是那变化是静悄悄的,是隐匿的。

说刘蓉还是个姑娘,是因为她才二十岁,可她又不仅仅是一个姑娘,因为她结婚了,丈夫是一个村子里从小长大的发小。从小到大,刘蓉就没有走出过那一片连绵的山脉,她觉得家乡很好,有清澈的河水,有闪耀的星光,还有漫山遍野的花香和葱郁的竹林。

孩提时，刘蓉最开心的事就是和丈夫到竹林里去躲猫猫，玩得不亦乐乎。玩累了就走到半山腰的溪水边坐在石头上玩水，听飞鸟鱼虫吟唱。

刘蓉的丈夫是个老实人，刘蓉说一他不敢说二，所以刘蓉觉得这样很好，有一个人永远疼自己，爱自己，听自己的话。刘蓉的丈夫还很勤劳，每天都去田里干活，闲着还会做一些木质的小家具，拿到集市上去卖。

两家人的经济条件都不是太好，但从某种意义上讲也算是门当户对。刘蓉的父母祖上也都是农户，他们没有远大的志向，他们只求安乐一生就好。日常吃的食物他们都自己种，后院子里还养鸡、养羊、养猪，可谓不愁吃喝，绝对的绿色食品。然而，好景不长，因一场亲戚的婚礼，将原本质朴的刘蓉变得面目全非。

刘蓉虽然生长在农村，可是样貌不差。她原先看电视，也单纯地以为偶像剧只不过是演戏，生活是不可能那样奢华的。可她万万没有想到，现实版的王子和公主却在自己的眼前上演，何其令人嫉恨和不甘？

那是一个五月天，山野里花开得最美的时节。那天，刘蓉站在山头上看见山脚下有一辆黑色的轿车往他们这边驶来，她很好奇就一直盯着看，因为那辆车看着好气派，好漂亮。

跟着，刘蓉叫来了大伙儿一起去看。

可不，这大山里头突然来了一辆豪车，谁不觉得稀奇？

就在议论的时候，这辆车停在了山道上没有再继续开，然后就见车里下来了一个戴着墨镜，穿着西装的男人。村里人都不禁惊叹，这太有派头，太帅气了。

"我说小蓉，你们家门前怎么还是一堆石头路啊，我这车可不好开上来。"男人的这一句话顿时令刘蓉傻了。

他认识自己？

还没等刘蓉缓过神，男人摘下眼镜，说："我是沈翰表哥啊，以前住后面的村子的。"

"哟，快瞧瞧，这不是当年那个专门爱爬树的小捣蛋鬼吗？"

"哎哟，真是啊，这几年不见就全变样了啊……"

这会儿，村里认识沈翰的人都纷纷议论了起来。

"我说翰子啊，你这是发大财了呀？"一个大妈顿时拽住沈翰问。

"大财可发不了，比在村里强就是了。"沈翰笑着说。

"哎，那车挺贵吧，得多少钱呢？"大妈继续问。

"那车呀？我借的呀，这几百万的车我能买得起吗？哈哈。我这次回老家啊，是请你们去喝喜酒的，我要结婚了，媳妇是城里的。咱再穷,也不能亏待新娘子啊。"沈翰一边走一边说。

刘蓉听着,一直没说话。

"小蓉,大姨没在家,我就先到你这儿来了,罗财那小子呢?也去地里干活了?"沈翰很是熟络地问。

"嗯,干活去了。"刘蓉说着,就把沈翰招呼到了自己家。

"我说谁呢,是沈翰呀。"这会儿,刘蓉的婆婆刚收完菜,从后院走了进来。

"呵呵,阿姨,我带了箱猕猴桃,挺甜的,回头你们一起尝尝。"沈翰说着从袋子里拿出一盒猕猴桃。

"来坐坐就好了,带什么东西呀,太客气了。"刘蓉的婆婆寒暄了句。

"你刚才说,你要结婚了呀,媳妇是城里的,真不错。"

"是啊,城里的,一个单位的,房子也买了,三房一厅,呵呵。"

"你可真有本事,赚了大钱又娶了好媳妇啊。"

"呵呵,就瞎混呗。"

聊着聊着就到了晚上,刘蓉的丈夫罗财和公公都回来了。当罗财和沈翰站在一起的时候,刘蓉只觉得格外的刺眼。她突然觉得，她怎么就嫁了个这么差劲的男人呢？除了种种地、砍砍树什么都不会，一年到头也没几个钱，还整天灰头土脸的。

刘蓉的婆婆眼尖，看出了刘蓉的小心思，就跟沈翰说："这到城里得坐很长一段车，我年纪大了晕车，我看我就把礼金给你，我们这喜酒就不去喝了。"

"唉，这怎么行呢，我可是特意来请你们的。再说，我和罗财也是从小玩到大的。"沈翰马上说。

"是啊，沈翰表哥可是跟我们一起长大的，怎么能不去呢？妈，要是您觉得晕车，那我和罗财去吧。"刘蓉瞥了罗财一眼，罗财随即说："是啊，要不我们去。"

婆婆的脸色顿时暗了下来，不过她知道，她这个宝贝儿子什么都听老婆的。可是她也知道，如果让刘蓉真的看到了外面的花花世界，她这颗心就飞走了。但这种话，又怎么跟儿子说呢？她又怎么指望儿子能相信呢？

于此，她以身子有点不舒服为由，上楼去了。

跟着，刘蓉待沈翰特别热情，还亲手炒了菜留他在这里吃饭。沈翰自然却之不恭地留在这里闲话家常。

很快，就到了结婚的日子，沈翰派了一辆宝马车来接他们，还送给刘蓉一件晚礼服，给罗财选了套西装，说喝喜酒穿了好看，不能丢了男方宾客的面子。

刘蓉穿上晚礼服之后整个人就笑开了花，可是她的笑容很快就消失了。因为她想到自己结婚的时候，都没有穿过这么华丽的礼服，心里顿时生出了怒气。可老实巴交的罗财丝毫没有察觉，还乐呵呵地夸赞刘蓉说：“我老婆今天真漂亮。"

老婆？刘蓉听到这两个字心里就更着了火。她现在是多么憎恨他也憎恨自己，怎么就犯傻嫁给了这种人。

是啊，我这么漂亮，嫁给罗财这种穷人简直就是浪费！

那一刻，刘蓉越看罗财越生气。

但，她依旧不露声色。

随后，宝马车就经过一路的颠簸把刘蓉和罗财送到了一家奢华的五星级酒店。这是刘蓉和罗财长这么大从没有见过的地方，酒店的门口还停着数十辆她叫不出名的豪车，酒店大堂里亮灿灿的水晶灯也是电视里才有的。

这会儿，新娘和新郎还没到，刘蓉就在酒店里闲逛。

很快，她就从通透的落地玻璃窗里看到了一辆白色的敞篷跑车，里面坐着沈翰和他的新娘。新娘穿着白纱，头上戴着珍珠发冠，特别端庄优雅，就像是一个美丽的公主。

羡慕、嫉妒、愤恨也都在同一时间在刘蓉的心里翻滚。

为什么她不能拥有这一切？为什么她连酒席都是在自己家里头烧的？为什么她连一件像样的首饰都没有？

那无数无数的火焰，滚成一团，可以把整个人吞没……

而后，刘蓉全程不再说话，她只是在想我不想再回去，我不想要再过那样的生活。于是，她在席间去找了表哥沈翰，说她也想去城里打工，做什么都好。

沈翰感到很为难，不过他觉得要上进想要赚钱这观念也是对的。事实上，他也一直跟罗财说是不是可以离开大山，到外面闯荡，可是罗财的思想太过保守，一直不肯离开家，还说那样自给自足很好。

经过刘蓉的再三恳求，他就去跟新婚妻子商量。

可是刘蓉没读过什么书，电脑也不太会使，除了服务业似乎也没地方可以去。后来，新娘子问了一些亲戚，刚好有个亲戚是开家政服务的，她就问刘蓉愿不愿意去。刘蓉只要能离开那个破地方，离开那个寒酸的男人，她什么都愿意。所以，她很爽快地答应了。

喝完喜酒之后，刘蓉就没跟罗财回去。还让罗财回去跟婆婆说，她去城里打工了，有沈翰帮忙，让她不用担心。

罗财傻傻地就听老婆的话，这样一个人先回去了。

可刘蓉根本不是冲着干活去的，她是去给自己物色男人去的。她到了家政服务那边，专挑有钱的雇主。有一天，她运气还真好，有一个做生意的人来找住家保姆，照看他的老母亲。

很多人并不愿意干住家的活，因为他们自己有家庭，不愿意天天都在别人家里。可刘蓉呢，却巴不得。

于是，她就去了。

住家保姆虽然是伺候人的工作，但是这房子是真真实实地能让自己住下的，就连保姆房都比自己的山野小屋要好上千倍万倍。

后来，罗财打电话问她为什么那么久都不回去，刘蓉只说她这都是为了他们的将来，要是以后有了孩子，希望日子好过一些。罗财很相信她的话，等着她半年后回家。

转眼，半年过去了，刘蓉照顾的那个老母亲也病逝了，她突然觉得自己没了方向，会被雇主辞退了。她看着眼前三层楼的别墅，怎么都不愿意离开。于是，她就拉下脸求雇主别辞退她，还说自己很苦，被父母赶了出来。

雇主近五十岁了，女儿和妻子在国外，他也是国内国外地两头跑。这间房子原先是留给老母亲养老的，谁想她去得那么早。于是，他觉得这屋子还是需要有人打扫的，他每两个月也要回来一次，就决定继续聘用她。

又过了三个月，雇主果然回国办事了。这次，刘蓉更厚颜地提出愿意做雇主的情妇，说是感激他一直对自己那么好。雇主是个生意人，见刘蓉年轻貌美又那么主动提出，他也就顺水推舟了。

就这样，刘蓉得到了自己想要得到的一切。有了不正当的关系之后，雇主给了刘蓉很多零花钱，还带刘蓉到奢侈品店里去买首饰，买包，买各种华丽的衣服。刘蓉摇身一变，成了贵妇。

这时，那个在乡下的老公罗财一直不停地给刘蓉打电话，问她怎么还不回去。刘蓉很傲慢地说："我这辈子不会再回到那种破地方了！"

说完，她就挂了电话，还跟雇主说她男朋友特别烦，怕他通过家政公司找自己的麻烦。

于是，雇主给刘蓉换了住处，刘蓉也就狠心地连电话号码都换了，从次就当作从不认识罗财这个人。

期间，沈翰也找了她好久，可是他也真的不知道刘蓉去了哪儿，他也很内疚。

从此，罗财和沈翰不再是朋友。

罗财很生气，气刘蓉欺骗了他，而母亲的那些话也终于可以跟儿子说了，罗财这才意识到原来刘蓉是有预谋地要甩掉自己的。罗财伤透了心,没有再娶,他开始把时间全部花费在雕刻木质的屏风上,手艺突飞猛进,俨然是一个雕刻大师。

一年后,有几个老外到大山里来探险,恰巧遇上了罗财正坐在山坡上雕刻中国龙。几个老外眼睛一亮,觉得这木雕非常逼真,非常惊艳。于是,老外问罗财买。

罗财不懂,人又老实,也听不懂老外说什么。但看表情,应该是夸赞且非常喜欢这个木窗。于是,他就干脆送给了老外。

老外非常欣喜,拿钱给罗财,罗财怎么都不要。

第二天,这群老外又来了,他们是来找罗财的。只是他们身边又多了一个中国人,好像是特意请来的翻译。

翻译跟罗财说,老外很喜欢他雕刻的木制品,问他能不能多雕刻一些小的屏风,他们想要拿到外国去卖,可以大批量的长期合作。

罗财听了,有些愣住了。

翻译又跟他说,他们不是开玩笑的,可以签个合同,定期供货。

罗财这才反应过来说:"行啊,行啊,要多少有多少啊,要什么样就有什么样的。"

几个老外听了，当即笑了。

随后，罗财请老外到他们家吃饭，罗财的父母看见有外国友人来家里吃饭可高兴了，杀了鸡，又切了羊肉，热情地招待了他们。

而后，罗财在老家办了一个木制品的小厂，还请了几个亲戚一起过来帮忙，这生活一下子就好起来了。

又过了一年，罗财的木制品进出口生意越做越大，家里的老房子换成了三层楼的别墅。而此刻的刘蓉却被雇主的原配发现了，然后派人痛打了她一顿，把她赶了出去。那时，她肚子里已经怀了孕，却因为殴打而小产了。

那个雇主丝毫不管她的死活，一直求原配不要离婚，还说是刘蓉勾引自己才令自己犯下了错。

这些种种我们都不用再去追究，只是刘蓉让自己走上了一条遗憾终身的路。因为孩子已经四五个月了，又去医院急救得太晚，医生说以后不会再生育了……

刘蓉这才打电话给自己的丈夫和表哥，可是他们没有人同情她，没有人来帮助她，她这才发现这些恶果她要独自品尝一辈子。

三年后，罗财在广州新承包了一个厂，还认识了厂里的一个姑娘。那姑娘很本分，是个财务，心地善良。于是，罗财和她在一起了。姑娘说,她不要金山银山,只想要一个人一辈子陪着她就好。

罗财很感动,说:"我一辈子都陪着你。"

罗财和姑娘的喜讯让原先的外国朋友知道了,他们特意邀请他们去他们的国家度蜜月,要做他们的向导。

于是,罗财带着姑娘远渡重洋,开启了属于他们的全新的幸福生活。

鲜花可以带给你浓烈的香艳,可是鲜花无法成全你心中所渴望的温暖和那一份天长。而那一抹不起眼的流云背后,也许隐匿的就是那一片最抢眼的阳光。

//给每一天找一点意义

人生最悲哀的是什么?不是你爱的人不爱你,也不是你爱的人背弃了你,而是你用各种借口与堕落为伍,把自己荒废在了人生路上。

当理想的蓝图撞见你侬我侬的爱情,你会发现这两者之间就是大爱和小爱的关系,后者会变得无足轻重。可有人说,爱情才是生命中的重中之重。那么,我想问,要怎样的一种爱情才可以超越生命,成为重中之重?这个世界上,有这样的爱情吗?

若你说,有,有这样的爱情。那么我又想问,要怎样去守护这样的爱情直到沧海桑田,两鬓发苍?用柴米油盐的琐碎？还是用你的碌碌无为？用这样的方式守候你要的爱情，又真的可以挨到沧海桑田，两鬓发苍的那一天吗？

不，很多人不会这样陪你走到那一天的。而那些舍你而去的人，并不是他们背弃了你，而是你无法令他们为你留下。无关你是丈夫，或是妻子。

最近，我的朋友圈里有不少人疯转着一个帖子，就是一些白发苍苍的老奶奶和老爷爷一起依偎着看大海，或是一起漫步的集锦照片。下面点赞的人无数，有评论的人还说：这才是爱情，真正的爱情。

能有这样的回复，可以看出两个问题。其一，大家都期望能有这么一个场景，有那么一个人能陪伴我们到生命的最后一刻，将爱情之花完美收官。其二，隐含了现代爱情的脆弱和单薄，因为有太多的人在婚姻的中途散场了。

其实，我们很容易犯一个错误，我们看待别人的婚姻，总是看了开始之后就直接跳到末尾，中间的部分我们常常是用忽略和自认为去做判断的，即便从当事人那儿了解到了过程，那也只是对方的一面之词或是轻描淡写。所以，那样的认知是不对的，那样的批判他人也是不智的。

当我们看了那些相濡以沫的暖心照片之后，第一秒反馈的信息不应该是他们真好，这样好美。而是应该去思考，他们为什么可以相濡以沫，携手走完人生？

人生这条路，凭借一个爱字就足够了吗？很多女人盲目地信奉真爱无敌，爱我就该宠我的法则，却不懂得去塑造和完善自己，最后亲手把好男人送到了别的女人的怀抱里。就说我的小姐妹莎莎，她长得很美，男人对她没什么抵抗力。很快，莎莎就嫁给了一个优质男。

从马尔代夫蜜月回来后，她贪恋闲散的生活，不愿工作，口口声声说要辞职在家做家庭主妇。

丈夫月收入两万，想想也养得起自己的爱妻，那么不上班就不上班吧，把家弄得干净温馨一点，回来能有可口的饭菜吃这样也很好。于是，丈夫答应了莎莎，还说他负责赚钱养家，她负责貌美如花就好了。

可是，生活不是养花，生活不是娱乐，生活是一个人对另一个人的真心和负责。当这期间出现了天平不平的情况，那么婚姻就有了危机。

莎莎辞职之后没事就上网购物，或者去美容店做SPA，出手阔绰之余还买了各种奢侈品箱包和衣服。丈夫回到家，电饭煲里饭也没煮，就连一个青菜也没炒。丈夫自然有些不高兴，可莎莎却说，出去吃不是更好？

丈夫很爱莎莎，也就牵着她的手下馆子去了，对于她的挥霍和懒散也一再地容忍。

可连着几个月,银行给他寄来的账单,上面的数字一直都在一万以上,莎莎居然每个月都刷卡消费约一万五千多块钱。

丈夫不禁说了莎莎两句,示意她不能这么乱花,他们也不是富豪,加上公司里最近又裁员,不能不存点钱防备。

莎莎听了,反倒责怪丈夫,说他区区一万五都还不起还讨什么老婆,结什么婚?丈夫被他说得颜面扫地,一个人出去喝闷酒。

渐渐地,丈夫和莎莎之间有了隔阂,可莎莎还是照样疯狂购物,过着上流人物的奢华生活,丝毫不管家里是不是已经脏乱成一团了,衣服是不是一个多星期没有洗了。有一天,她从网上代购了一块三万元的手表,说是下个月有个聚会,所以必须要买。这一次让丈夫不得不怒。

他问莎莎:"你嫁给我,就是为了我的钱是吗?"

莎莎说:"你的钱?你有多少钱?当初比你有钱的男人多了去了,他们也绝不会像你一样,总为了钱跟我吵架。"我愿意相信,莎莎是任性才这样说。而她的内心深处是爱这个丈夫的,只是对于丈夫的质问令她感到很生气。可是这样的盛气凌人,不懂自省,又怎样令一个男人继续爱她,包容她?

丈夫想了一夜，留了张字条给莎莎：我养不起你，也赚不了钱，我们离婚吧，我不耽误你。

自傲的莎莎，自然不会退步，他们就此分道扬镳，各走各路。

离婚了一年，莎莎的前夫结婚了，他不再追求美貌，只求心美。而莎莎则在众多男人之中兜兜转转，一直游手好闲，最终好男人看不上她，纷纷娶了别人，留下她孤芳自赏。

再说一个我同学的表哥，他叫彬彬，人如其名长得文质彬彬。彬彬家的经济条件不太好，父母都是下岗工人，下岗后靠沿街卖山东煎饼为生。彬彬读书也不是太好，大学没考上就去了餐厅当服务员。说来也是缘分，上班那天的路上，他刚要坐地铁，谁想一个胖胖的中年妇女忽然往前一倒，刚好倒在了他身上。

彬彬顿时吓坏了，连忙喊道："阿姨，阿姨？"见这位妇女没反应，彬彬就把她搀扶到了地铁里的座位上坐下，然后叫来了地铁保安，还打了120急救。彬彬不敢走，可心里又害怕，怕大家误认为他把这个人怎么了。这年头，很多事说不清不是？

后来，大概过了五六分钟，120的人还没到，这位妇女醒了。地铁保安立马问她怎么了，还跟她说是彬彬把她扶过来的。

那位妇女看着彬彬，随即拉着他的手说谢谢，还说自己姓方，平时一直有低血糖的毛病，今天早上出门的时候太匆忙，忘了带点甜食在身边。彬彬听她这么说也就放宽了心，随后他就赶着上班去，让她自己再坐会儿休息休息。

可是，那个方阿姨却叫住了他，说要感谢他要给他钱，彬彬不要。那方阿姨就问了彬彬在哪里上班，彬彬告诉她就在下一站的一家商场"大食代"里当服务员。说完，彬彬就走了。

这件事，他也很快就忘了。

没想到，大概晚上七八点的时候，那个方阿姨又来了。方阿姨忘了问彬彬的名字，只好一个摊位一个摊位地找。刚巧，彬彬在收拾餐具，看见了方阿姨，方阿姨也一眼就认出了他。方阿姨觉得彬彬是个好孩子，所以是来叫他到自己的店里去上班的。方阿姨是做卫浴生意的，大商场里都有好多分店，正在招人。

彬彬有些惊讶，不过方阿姨给的工资比自己现在的工资高了一倍，他也是真的很想去。

就这样，彬彬因为自己的好心得到了一份好工作。

而后，彬彬还认识了方阿姨的女儿，方晓雪。方阿姨很早离了婚，女儿也跟自己姓，她很希望能给女儿找一个靠得住的男人。穷富无所谓，踏实安分就好。于此，方阿姨鼓励自己的女儿晓雪和彬彬交往。当然，彬彬也属于外貌协会里非常体面的一个。

彬彬见晓雪对自己示好，心里顿时乐开了花，觉得幸福来得实在太突然了。

交往期间，方阿姨对彬彬出手一直非常大方，时不时地给他钱去高级的餐厅吃饭，还给他们买上千元的衣服和鞋子。到节假日，方阿姨还会出钱带彬彬一起去香港，甚至出国去日本游玩。

这段日子，彬彬身上的质朴被物欲横流的世界深深地改变了。他开始不停地怂恿晓雪问母亲要零花钱，还说自己要独立开一家店。晓雪很喜欢彬彬，知道母亲也很喜欢他就去跟母亲开口。方阿姨起初都是有求必应，可是这店开好了之后，彬彬就全变了。他开了店之后，自己不在店里张罗，招待顾客，反而把自己打扮得西装笔挺，整天出入高档场所，晚上还去泡夜店。

有一天，晓雪追了去，问他是不是做了对不起自己的事。彬彬一开始还象征性地敷衍和解释，到了后来就干脆撕破脸，说他根本没爱过晓雪，全部都是她们母女俩倒贴的。晓雪很生气，一边打他一边吼道："你这个浑蛋，你什么都没有，吃我们住我们的，现在居然这样对我们。我明天就把你的店给收了，让你滚！"

彬彬丝毫不在意，反而说："我也不稀罕了，反正钱我也从你户头里拿了不少了。"

"你……"

晓雪气得转身就走，与彬彬再无联系。而彬彬因为经历了这样一段生活，他已经无法回到当初自给自足的寒酸日子了。在花光了方阿姨那里捞到的钱之后，他开始打起了成功女性和少妇的主意，开始用各种手段接近她们。

听说，不出三个月，他就被一个富商的妻子看上了。

生活，再一次奢华了起来。

可不出一年，他们的事被富商知道了，富商还立马派人痛打了他一顿，彬彬那回被人打得鼻青脸肿，还差一点残废了。

这件事，闹得他们小区里满城风雨，彬彬的父母也因此被人指指点点，抬不起头来做人。

而彬彬也因此没了靠山，没了生活来源。

后来，他更不学好，变得越发吊儿郎当，散漫无度，还伸手问自己的父母要钱。父母劝他好好找个工作，可他做什么工作都是半途而废，不是上两个月就辞了，就是嫌弃工作太辛苦，整天躺在家里睡觉。

晃眼，彬彬也到了二十七八的年纪，他还是没有一份正经工作，好的女孩子一看他这个样子就躲得远远的，父母也因此伤透了心。

很多时候，一个人的惰性和贪婪一旦种植在了心里，就很难移除。彬彬就是如此，日后的他更是破罐子破摔，一拿到工资就去夜店晃悠，一心想着找个有钱人一夜翻本，再过回肆意挥霍的日子。殊不知，一个人不靠自己的努力所得到的财富，他是怎么都守不住的，好逸恶劳只会令自己变得一无是处，面目全非。

生命中我们会遇上很多人，也会拥有很多好的机会，但要看你怎样去把握，怎样去认知和守护。莎莎遇到了好的老公，有养家的能力，有爱她的心，可是她却看不到他的好，把他送给了别人。彬彬本有一颗善良的心，却因为那些浮华荒芜了自己的灵魂，令自己轮回在了堕落里无法自拔。

试问，谁不想要雍容奢华的日子？

可雍容和奢华并非寄予在别人的财富之上，或是去掠夺别人所拥有的东西，而是要靠自己的双手和能力去开创的。如果你迷茫于不知道该往哪里走，不知道该干些什么，那么请你静下心，看看周遭，看看那些你爱的人和爱你的人。

娴雅的心和睿智的头脑不是一蹴而就的，而是通过岁月历练一点一点堆积的。当你的每一天都过得有意义，那么清风自来；当你的每一天都过得有意义，那么你爱的人也会追随你到永远。

//拥有，只需足够就好

一念苦，一念乐，一念得，一念失。我们在苦乐和得失中，走过千百回，却仍不懂其中悬念。为什么要去寻找给你一生幸福的人？为什么你会觉得你的美好未来不曾离你咫尺？为什么要去质问别人坑害了你什么？

很多很多的问题，都好像关乎别人。

那么请问，你不想要得到的结局都是和你无关的吗？

一个哥们儿的兄弟被老丈人找人围殴，打得住了院，伤得不轻。起因是，他为了一个职位与人做了一笔交易，而那个跟他做交易的对象就是他的老丈人。

男人一路漂泊觉得疲乏，所以想要一步登天成为企业高管。此刻，他的老板刚好有一个女儿，可是眼睛有点缺陷，有些轻微斗鸡眼，以至于三十三岁了也没有人要。

男人急功近利，为了职位，为了成就，为了自己的虚荣，他跟老板说，他愿意娶他的女儿，且承诺会真心待她一辈子。男人那年刚三十岁，但也确实到了三十而立的警戒线。父母那边又催得紧，自己也没什么动力，所以他想要找一个人攀附，找一个地方歇歇脚。

老板知道，光谈爱情，他女儿多半没人要。所以，即便他知道有人是不为爱情只为前程，他也能够接受。只要如他所说，真心对待自己的女儿就好。

于此，这件婚事很快就进行了。办酒、置房、购车，全部由老板亲手包办，他还顺手把男人升到了经理的职位。男人也在一瞬间成了整个公司的风云人物。他很享受这样被人追捧和拍马屁的场面，整天出手阔绰地请人喝酒、唱歌、泡吧。

可一回到家，他看见这个斗鸡眼的老婆，他的心里是怎么也快乐不起来了。别说恩爱缠绵了，他看到她这张脸就连同桌吃饭都觉得厌恶。所以，他开始加班，开始约见各种客户，用各种应酬来延缓回家的时间，以避免跟老婆同睡。

有了应酬就会娱乐，有了娱乐就会弄出一些花边新闻。很快，男人就耐不住寂寞和一个夜店里的姑娘好上了，还送了人家不少名牌的包包和首饰。可这个老板丈人可不是好忽悠的，他很快就发现了男人在背地里和别的女人鬼混。于是，他就不动声色地找了一帮人一直尾随这男人，把他逮住狠打了一顿。

也就是先前说的，被打伤了住了院。

其实，男人才不过三十岁，也已经在一家大型的公司里工作。只要稍加努力，多一些耐心，不出多久他就能闯出一片天，也能找到自己心爱的姑娘。可他偏偏选择了在中途放弃，选择了用自己作为交易去换取他迫切想要得到的东西。而人一旦做出了错误的选择，那就一定要付出代价。

想要离婚是不可能的，老板丈人绝对不允许自己没了颜面。所以，他分分秒秒都派人跟着男人，还逼迫他必须跟自己的女儿早日生个孩子。

这是男人给自己找的结局，怨不得人。

还有个女孩子叫莫伊，长得高高瘦瘦，一脸文静。起初，一家人给她找了一个对象，是名校毕业的研究生。可是她嫌弃人家光有学历，没有票子，把人给打发了。莫伊很爱玩,整天到迪厅跳舞跳到很晚,穿得也很新潮。母亲一直劝她,不要那么晚回来,可是莫伊不听。莫伊的朋友圈里还有一个女孩子,整天在微信上发某个男人又送了新的香奈儿给她了,从服装到香水,从包包到鞋子都是香奈儿的。这让莫伊看了,顿时充满了妒忌。她还扬言说,她也会让男人送她这些东西。

大约半年后,莫伊确实拥有了这些东西,还拥有了一辆宝马车。跟着,她就把那个微信圈的小姐妹一起叫出来喝茶,目的是显摆。

莫伊以为她出了一口气,却不知道她被这个小姐妹摆了一道。小姐妹记下了宝马车的车牌,找人查了一下车主,才知道,莫伊勾搭的这个男朋友都五十多岁了。她马上把这件事告诉了莫伊的母亲,还在他们楼下大肆宣扬。还说什么,没本事勾搭富二代就算了,何必年纪轻轻地把自己卖给了一个老头子……

莫伊知道后很气愤,当即找到那个小姐妹大吵了一架,却不料被那个女的抓住头发往墙上狠撞了一下,以至于额头上留下一道疤。

这件事,被那个五十多岁的男人知道了之后,他也和莫伊断了来往。人家是有家室有地位的人,被她小姐妹这么一闹人家还能不躲吗?

若我们可以拥有时光机,让时光倒流,我们可以试想一下不同版本的生活。当初,如果莫伊选择了和名校毕业的研究生谈恋爱,也许她会邂逅一份简单的爱情,一场浪漫的婚礼,一份稳定的生活。

爱情并不是靠金钱去堆砌的,生活也不是靠你铺满香奈儿就能美好的。不去惊扰别人的幸福,也不去奢望别人来给予自己财富,这样才会收获属于自己的甘甜。而不是用嫉恨、攀比、虚妄去堆砌金灿灿却空洞的人生。

其实拥有,只要足够就好了。无论是爱情、婚姻,还是工作。你能拥有她们在手心,就已经是成功而圆满的。因为过多的不满就会演变成欲望,而欲望就像是一个恶魔,当它潜伏在有毅力的人身上时,它的魔性可以被抑制,可是一旦在心绪不定的人身上游走,它就会变得非常可怕。

所以,懂得操控自己,往往比一味地追寻更重要。懂得是一种心境,一种儒雅,一种折叠了时光令她永远恒久的东西。你若轻握一份简单,便可抒写一生景象,在冗长的年华里为自己点一盏灯,沏一壶茶,弹一首曲,让那一份素心提炼出阳光,雨露,春风。

03
CHAPTER

慢慢来，一切都会是期许的模样

我们一直被这个世界
温柔地爱着

风轻云淡的日子疏落了谁的泪眼
斑驳的墙面划痕又究竟刻画了谁的容颜
人生路上,总有一种思念会滚动在我们的眼帘
那是沉睡在心房里的结界
只待,沉入回忆的殿

//待回首，我们都哭了笑了

不曾想过，有一天我会走在San Jose的East Tasman Drive大街上，拿着单反悠闲地散着步，累了可以坐在一旁的coffee shop喝一杯，看看书。

周围的朋友也都不曾想过，我会有了自己的公司，最后还被人以八百万的价格收购了股份。有些人问我，公司都稳定了干吗要卖了？我想说，我累了，我想要温暖的生活。

六年前，我是一名怀才不遇的年轻人，在一家知名的企业工作，可是却被上司一直压着无法出头。年终考评总是给我最低，活儿给我分配的却总是又累又苦。而就在我最低迷最迷惘的时候，跟我相恋结婚八年的妻子选择了离我而去……

那一秒，我不懂，我再不济，年薪也有二十万。相比那些杯水车薪的男人，我要优秀得太多。可是，我的妻子却说她过得苦不堪言。朋友圈里闺密们发照片说住了别墅，她说她还是两房一厅。闺密们吃一顿德国菜花了一千八百元，她说她只能吃一百八十元的疯抢自助餐。闺密们晒了去英国度假的照片，她说她只能去去东南亚。看到她们买了香奈儿的限量版徽章，她又说，她只能买买相对平价的低级货。

当妻子跟我说："我要跟你离婚。"

我傻了，愣了，慌了。

作为一个男人，我为了保护一个家求她，我说："旻旻，你再给我两年的时间，我一定会给你换大房子，让你去得了英国，买很多香奈儿。"

妻子甩开我的手，说："你这辈子就这样了！"

说完，她毫不留情地就一把拖着我们的儿子要走。

"妈妈，我要爸爸，我不要走……"

当儿子喊我，叫嚷着的时候，我的心在流血。

我再一次冲上去哀求妻子："旻旻，你看在儿子的分儿上，你再给我一点时间。"

"时间？洛凯，我已经在你身上浪费了太多时间了！我二十二岁就嫁给你了，你混了那么些年了，跟你一起毕业的那些同学年薪早就过五十万了,那个张键明年薪都八十万了,老婆也不用上班,整天美容跳操。我呢?我省吃俭用地想让你买个别墅,一年等一年,可现在房价飞涨,你连个首付都付不起。洛凯,你也说了,我们在一起八年了,八年了你还是在这个公司,还是这个价。你就签了字吧,我们别撕破脸了……"

妻子的话,就像一把刀,血淋淋地扎在我心口。然后,我就这样眼看着我三岁可爱的儿子,被妻子强抱出了门,一路哭闹。

一周后,法院,我签了字。

就此,我们不再同路。

听几个哥们儿说,妻子很快就嫁给了一个有钱人,是开咖啡连锁店的,旗舰店还在市中心最繁华的地段。我知道,她绝对可以找到一个更好的归宿。因为,岁月待她是如此温柔,丝毫没有印刻任何的痕迹,依旧光彩照人。

其实,名车、豪宅、奢侈品很适合她的气场。我想,她应该可以在朋友圈里扬眉吐气了吧。

可是,我不禁想问,爱情就真的那么不值钱吗?

下班回到家,是的,还是那个家。

只是,人不同了。

妻子没有带走任何东西，或者说她觉得这里没有什么东西是值得带走的。衣服是廉价的，化妆品是不值钱的，首饰也就那么几样，早就过时了。

可我看着它们，泪止不住地在黑夜里流淌……

枕边还留有妻子的发香，床边还有儿子睡的小床，小床上放着他爱的小车、喜欢的小黄人还有一床卡通的被子。

那段日子，我深切地体会了两个词语——残忍、孤独。

一个女人为什么可以那么残忍？

而一个人离开了另一个人又怎么会那么孤独？

我整夜整夜地翻来覆去，整夜整夜地失眠，整夜整夜地思念，一个月下来我瘦掉了一大圈，气色也很差，工作效率也很低。

期间，我想去看儿子，妻子不让，总是藏着躲着。一直到了九月，我跑到妻子妹妹的单位堵她下班，才了解到儿子去了一家双语私立的幼儿园，我打听出了幼儿园的名字。

而后，我就去了幼儿园看儿子，我本想把儿子直接抱走。可后来一想，万一触怒了妻子我以后可能就更难见儿子，就没那么做。我就躲在远处看看他，看着他被妻子高高兴兴地接回家。

那段时间，我觉得我活得太苦，太没有意义，工作上也弄得一塌糊涂。上司本来就对我不满,想除掉我这个眼中钉。这下好了,我自动送了机会给他,让他把我调到了效益更差的部门里去做项目。

我很生气,把我们之间多年的恩怨全都一股脑儿地直白地骂了出来,然后冲他吼道:"老子不干了!"

就这样,我连工作都没了。

于是,我开始喝酒,一杯一杯地直往肚子里灌。原先,我滴酒不沾。我忽然发现,并不是电视剧拍得不真实,而是烦心的人他真的会拿酒当水喝。谁说借酒消愁愁更愁?我觉得喝醉了好,喝醉了才能睡……

在我买醉的第三晚,我接到了一个电话,可能那晚喝醉了所以才跟电话里的朋友吆喝着畅谈了一番。确切地说,我也不知道我说了些什么。不过很快,电话那头的朋友来了我家。失落孤寂的人在这个时候看到一个朋友,就像是走在黑暗的隧道里突然惊现了一道光一样激动。

那朋友是我高中时的班长,他打电话给我其实是说同学聚会的事。谁想,我跟他吐槽了我的各种悲情。所以,他来了。

班长叫蔡锦年,高中时我跟他并不太熟络,可是那晚我哭哭笑笑地把他给吓着了,所以他说他必须来看我,还在我家留了一夜。

醒后，我心存感激。

锦年说，其实这些年他混得也不太好，所以他一直想辞职出来单干，只是苦于找不到搭档，筹不到创业资金。

我顿时说："我大钱没有，三四十万还是有的，你尽管拿去创业。"

可不，就我一个人，我要钱做什么？

锦年说："我也有二十万，我再找找李赫，我们凑起来搞个公司，我手上有一些自己的客户。到时候赚了钱，我们就都是股东，一起分红。"

"行，你说了算。"

当时，我没有想过这么冲动的决定真的可以给我赚大钱，我只是觉得我没了妻子，没了孩子，没了工作，已经是三无产品了，我还怕没了钱吗？而我这三四十万的存款想必也留不住任何一个女人吧。

锦年确实如他所说，他这个规划由来已久，只是找不到合伙人。这下，锦年有我还有李赫一起掏钱，他变得干劲十足。

锦年三十好几了还没成家，说是没有看对眼的，李赫的父母离了婚导致他也对爱情绝望了，再加上我，我们真是同是天涯沦落人。

于是,我们这几个沦落人就一心把全部的精力都花在了创业上。锦年跑市场,整天出去跟客户联络感情,一个个小公司地跑,介绍我们研发的一个系统控制软件。我和李赫就做生产和研发。

可第一年,我们投进去的近一百万几乎没赚一分钱,只能保本,不赚也不赔。

锦年说:"能拉到几个固定客户这一年就是成功的。"我也说:"做生意的第一年没有赔钱已经算很不错的。"李赫有些失望,不过看我们还是那么有信心他也就再次振作了起来。

果然,到了第二年有了起色,我们赚了五十万,年终三人平分一人拿了十六万多。虽然这比我当时上班时候的年薪还少了四万,但我看到了我们这个小公司的潜质。于是,我们三个越发有干劲。

到了第三年,我们的年收入比上一年翻了一倍,一人可以拿近四十万。可是,我们三个没有分,我们一致把钱投资在了公司的扩大上。我们在偏离市中心的地方租了一个商务楼,还招聘了几个小弟,一个专业财务,给财务的工资一个月是一万。

渐渐地,我们的公司初具规模。锦年也不在安分于国内的市场，他开始跑东南亚那些国家，整天飞来飞去地谈生意。

我们的效益也在成倍地上涨，资历也日渐深厚。

到了第六年，我们的公司已经市值一千多万，我们三个各持三分之一。那时，我的儿子被前妻送去了美国念书。转眼，他也已经九岁了。

那一刻，我才发现，我始终放不下前妻和儿子，没了他们的城市是灰暗的。于是，我跟锦年说："我要撤股。"

锦年说："我们三个是一条船上的，现在船开得那么好，干吗非要走？"

我说："我要寻找自己想要的生活，一种温暖的生活，就算只是看着也是一种温暖。"

李赫说："你老婆太贪钱了，那种女人你记着干吗？你应该留下来跟我们继续干，回头用钱砸死她，把儿子要回来。"

我笑着说："失去了六年的东西已经无法属于你了，我只是想静静地看着他长大。"

锦年不说话，沉默了许久。

第二天，他找了我，说："我用市价把你的股份买下来。"

我说："不，没有你就没有我和李赫，你随便给我点就行。"

锦年说:"我们彼此彼此,所以是你的我一分不会少你。如果有一天,你还想回来,我和李赫也随时欢迎你归队。"

而后,我的卡里就多出了八百万。

我办了去美国的签证,去了儿子所在的城市,在那边买了一幢房子,一辆车。有一天,在路上,我偶遇了前妻。

她见了我,很诧异。

再见亦是朋友不是吗?我们聊了几句。我跟她说我这几年在创业,总算不像以前那么潦倒,还跟她说,我一直很挂念儿子和她。

忽然间,前妻看着我哭了。

我才知道,她和那个男人两年前离了婚,说男人有家暴,时常打她和儿子。她为了儿子就跟他离了婚,然后联系了以前移民美国的姑姑,想办法把他们弄了过来。

她还说,她悔不当初,但也一直不肯找我,怕让我看笑话。不过现在,她知道我一直关心着儿子,还为了儿子到美国来,她真的觉得自己错了。

一时间,我不知道要说什么,我只是提议跟她一起去接孩子。毕竟,这六年来,我都没有好好跟儿子说过一句话。

儿子见到我时,有些认不出我了。

"叫爸爸呀,他是你爸爸。"妻子流着泪,看着我。

"爸爸。"那一声爸爸击溃了我心中所有的坚强,我当即抱着他泪流。

"洛凯,我对不起你。"妻子也泪流满面地向我道歉。

我不知道我对他们的爱能否变成原谅,说不痛恨那是假的。但我想说,我愿意用时间一点点地让我们变成原来的样子。

三年后,我重新接纳了妻子。我们一起走在San Jose的East Tasman Drive大街上,看着夜色回忆。

待回首时,我们都哭了笑了。

//试着让回忆淡如微风

他们都说马尔代夫很美,可我第一次去的时候我觉得那四面环海荒芜的景象是如此的惊悚而可怕。一望无际的海上,没有任何东西。就好像如果你一不小心掉了下去,你就再也回不来了。

然而,等我再去的时候,我发现那如翡翠一般的海洋是如此温柔。

亦如,我现在的心。

五年前,我以两分之差没考上理想学校的研究生,而那两分我明明应该是不会差的。会有这样的局面,全拜我的好同学兼好友邱雨所赐。

说起读书我总有说不出的郁闷，但也怪当年我那份无知的自负。高考填志愿的时候只填了第一志愿，其他学校我都不愿意去。可是偏偏高考那年我没考好，以两分之差无缘南开大学，后来去了一所我最不喜欢的学校。

很多次我都想重考算了，可是最终还是踏上他乡的路。

到了新学校，我发现这里的学校环境和南开差了十万八千里，气候更是糟糕透了，就连老师的资质我也自认为不怎么样。后来，总算浑浑噩噩地混了几年。于是，我就想考研赶紧离开这里。

那会儿，我和邱雨一个寝室，我们俩有着相似的经历，都是阴差阳错来到了这里。所以，我们很谈得来。我们一起吃饭，一起去公共澡堂排队，一起晒被子，一起温习功课。

后来，我们都不甘心就这样与名校擦肩，故此我们决定一起考研。

但邱雨会无缘名校纯粹是自己玩游戏惹的祸，他其实很聪明，是真心聪明那种。只要课堂上老师一说，他就全懂，全会做，每次考试前从不复习却依然可以考高分，得第一。而我不同，我是属于必须拼命努力成绩才会上去的那种。

邱雨各科的成绩都很好，尤其是政治。很多时候，当我们遇到有争议的题目，最后我都还是听他的，采用他的答案。可令我万万没想到的是，他却在关键的时候出了岔子，摆了我一道。

我清楚地记得，就在考研前一天，我们因为一道题目争得面红耳赤，我说他说得不对，可他偏说他看过资料绝对没错，肯定是我错了。随后，还以一大段理由来支撑自己的立场，反驳我。

当时，我还是坚持己见说是他错了，可回头我一躺下就犹豫了，我想了一夜之后觉得还是应该信邱雨，毕竟他比我成绩好，毕竟他还看了许多参考资料。

第二天，我们纷纷进入了考场。

果不其然，拿到考卷之后，我发现被我们争议不休的题目真的出现在了考卷上，我瞬间毫不犹疑地写上了邱雨告诉我的答案。继而，很快地做完了整张考卷。因为政治我这次复习得还算充分，除了这道题我吃不太准之外，其他都很确定。

我觉得，我应该考得不错。如果其他的科目没考好，政治应该能够拉点分，考出去应该是没问题的。

考试结束后，我和邱雨迫不及待地找到了对方。我当即兴冲冲地告诉他，我还是相信他，写了他说的答案。可令我震惊的是，邱雨说他在看到这道题的时候，他犹豫了好久，最后还是写上了我说的答案。

我当即就爆了粗口,骂他怎么这样!

可邱雨却说,他看我那么坚持觉得可能是他错了,所以他选择信我一次。

那天,我们俩没再说话。

为了知道这道题的答案究竟是什么,我一路跟着他到了宿舍,让他把那本所谓的参考资料翻找出来一起看个明白。

结果,事实证明是他看岔了题!我说的根本就是对的!可那天,他偏偏振振有词地说我那份资料不权威!

邱雨自知对不起我,又怕我抽他,他就一溜烟地从我眼前消失了。

很快到了出成绩的日子。邱雨考完之后就一直很轻松,对待这件事情也丝毫没有愧疚感,因为这两分对他来说根本就无足轻重。于他而言,要是他没看错,信错我了又怎样?不过就区区两分而已,他根本不在乎。这次考研,他有十足的把握,更不是这两分的落差就可以改变的。

可我就不同了,我心中一直住着一个阴影,我好担心这次又会和高考一样以两分之差而落榜!这些日子以来,我食不下咽,夜不能寐,整个人瘦了一大圈。

查成绩那天,我很不客气地跟邱雨说,要是我没考上我一辈子都恨他。

邱雨不以为然，可能他没有想过我真的会落榜。

可事实是，我又再次跌入了"两分"的怪圈，我没考上，我又一次仅仅差了两分！

那一刻，我想把邱雨掐死的心都有了。

就此，他看见我就躲，我们也不再是朋友。

我本想借着考研，像鲤鱼跃龙门一样地去往更辽阔的海域，谁想我还是待在原地，在这个北风呼啸的城市里一个人流浪。

我看着邱雨走了，应该是踏上了去往上海的列车。

我没去送他，我的心又痛又恨！

之后，我因为落榜只好去找工作，结果我连着半个月都处处碰壁。最后那天，我去了一家大型的家用电器制造商的贸易公司应聘，结果面试的人跟我说，最近他们这边刚招满，暂时不需要新员工了。

那一天，我觉得这个回绝我的人触碰到了我能忍耐的极限。所以，我疯了一样跟他们人事部的人耗上了。我就冲他们说："不行，你怎么着都得给我一个工作。"那个人理都不理我，就把我赶走了。我就是不肯走，我就坐在他们前台那儿不动。

那人拿我没办法，不理我自己干活去了。

后来，我连着来了一个星期，遇见那个人就拉着他说给我个职位，随便什么都好。有一天，我早饭都没吃就来这儿坐着等他们上班，结果我低血糖了，差点昏过去。幸好，那个人早来了，他好心地扶住了我，还把他手里的早点拿给我吃。

当时我自己是哭是笑都不知道。

可能是我的窘相，让那个人觉得我太惨了。也或者，是我的毅力得到了他的赏识，后来他跟上司说了个情，勉强把我先招进来试用。

之后，我把对生活所有的不满和对邱雨的愤恨都发泄在了工作上，努力工作到几乎癫狂的地步。

通过两年的优异表现，终于让我得到了一次独立做项目的机会。那一年的年终奖我拿了不少，于是我就想一个人出去散心。

他们都说，马尔代夫很美。

我想，对于一个迷失在荒野太久的人应该要去美的地方走一走。于是，我一个人订了去马尔代夫的机票。

那时，马尔代夫已经成为旅游胜地，被誉为地球上最后的乐园。于此，我收拾行囊，远渡重洋。可是，当我下了飞机看到这一望无垠的大海时，我忽然觉得无法欣赏它的美，我只看到了那一抹蓝色的忧郁和夜晚星辰的虚无。尤其，当我在岛屿的酒店里，坐在临海的长椅上闭上眼睛的时候，那份安静到令人窒息的氛围让我觉得惧怕。

我这才发现，我是那么的无依，就像这座孤独的岛屿一样，如此单薄地漂浮在海面上，望不到边，抓不到任何一样东西……

几天的行程是匆忙的，我对这里的景致更是毫无留恋的。

他们说的美，恕我不能欣赏。

待我回去之后不过两天，我忽然在信箱里收到了邱雨发来的邮件，这是分开两年后我唯一一次收到他的邮件。我本以为，我们这一辈子都不会再有交集了。因为，当一个人对另一个人只剩下恨意的时候，他们已经走到了末路。

然而，我还是怀着好奇和那依旧浓烈的恨意打开了邮件。谁想，邮件里只有短短的四个字——生日快乐。

我看着这几个字，呆滞了很久很久。

很久很久之后，我发现我的心中充满了翻涌的海浪，无法平静。

深夜，我一个人平躺在床上看着天花板。问自己，我没考上真的是邱雨的错吗？而那个没考上的我现在是过得很潦倒很悲哀吗？还是，我去了上海之后的发展一定比现在强呢？

脑海中，恍然晃过一句古话：既来之，则安之。

是的，既来之，则安之。即便你来得那么被迫，来得那么不甘，但你也已经在这里安顿了下来，你也已经习惯了这里的风雪。

不知道为什么，我心里纠结了多年的痛得到了些许的缓解，只因那简短的四个字——生日快乐。

生日？从高考失利那一年开始我就再也没有过过生日。父亲的埋怨，母亲的痛斥都犹然在耳。研究生的再一次失败，更是伤透了他们的心。

生日？一个人的生日又有什么好过的？

可是，就当父母都不再记得或者说选择忽略我生日的时候，那个我痛恨的人却深切地记得。

我想，邱雨这些年也许一直念着他亏欠了我。

但真正亏欠了我的人又真的是他吗？

可不管怎样，那根深蒂固的恨仍旧无法在一时间一笔勾销，但我决定要一点点地除去覆盖在心中的那一抹浓郁的色调。

转眼，两年的光景又在指缝中溜走了。

可我不再是孑然一身，我有了我爱的人。

到了年底，我又发了年终奖，奖金还算丰厚。女友说，她从小在北方长大，她好想好想去看海。

我说："好，那我们去马尔代夫。"

女友很兴奋地一把圈住了我的脖子，笑得非常灿烂。

一周后，我又来到了这座不被我欣赏的城市。可是今天，我再次看它，我竟发现它优雅得就像是一个舞者，在金色的阳光下静静地练习着。

女友一到酒店就换上了泳装，在细沙上尽情地狂奔，我看着她，笑了。

此刻，我也漫步在这像棉花一样细软的沙滩上，吹着风。我在想，我是不是应该感谢邱雨？感谢他赐予我的另一条人生轨迹？

三个月后，我给邱雨发了一个邮件，我也给他发了四个字——来喝喜酒。

如果，我们无法做到遗忘，无法做到全部抹去和原谅，那么，就让我们试着让回忆淡如微风吧。

//纵然记忆跨过四季,你却最清晰

张小娴曾说过:叶散的时候,你明白欢聚。花谢的时候,你明白青春。

而一路走来,总有个人会在你的心中留下她浓郁的样子。

我有一个邻居,小时候因为住得近所以整天一起上学,一起回家,一起玩。我一直叫她"兔子",因为她长得很"呆萌",皮肤又特别白皙。而她,就叫我"加肥猫"。她给我起这个名字的时候我还挺开心的,我以为她说的是那只爱吃比萨的"加菲猫",哪知道,她的意思是说我像是一只加肥了的猫。

好吧,我当时看起来是有些肥,可能用"有些"这两字还有点缺斤短两，但如果非要说肥的话那也是因为我的海拔不够。

我在小学毕业的时候就是一米四八，可是等到初中毕业时，我还是一米四八。那会儿，我每次回到家，我妈就会唠叨，说我将来是不是就这个尺寸了。我每次都大声喊："呸呸呸，我还没发育完呢！"

然后，我妈就会一本正经地说："你看看我，长了四十多年了还是一米五二。"

我顿时横眉扫看她，嚷嚷道："那是咱的外公外婆太矮了，你看外公都没有过一米六五。可我不同啊，我爸多高呀，一米七八啊！多么令人仰视的尺码啊。你们俩怎么中和，我也肯定得超过一米五五的！"

我这句话一说完，墙那边就顿时传过来一阵大笑。

那时，兔子就住我们家隔壁，我在301，她在302。我跟我妈站在阳台上说话来着，那只兔子也刚好在阳台上背书，结果被她听得一清二楚。她还探出头来，笑着说："你爸跟你妈的身高中和下来的基因已经被你横向发展了……"

我瞬间揉了一团纸巾，朝她扔过去。

别说，兔子在小学的时候跟我一样是一米四八，可是到初中毕业的时候她已经一米六二了，这真的是同人不同命，欲哭无泪啊。

后来，我决心减肥，改吃水果餐。咱身高不行，那身材好歹要过硬吧，为了能博帅哥一眼，我立志不减二十斤誓不为人。

可越不吃就越想吃……结果，我没撑半个月就觉得快饿死了。兔子见我又开始吃香喝辣，就说："猫肥肥的才可爱，吃吧，多吃点。"

我非常愤恨地白了她一眼，没理她。

谁想，兔子突然一本正经地跟我说："咱组舞蹈队吧。"

这一句，差点害我把饭都给喷出来，我眨巴着眼睛说："舞蹈？你觉得舞蹈服我能穿得上？"

"我目测，这种舞蹈服你绝对穿得上。"

我看着她，真想抽她。

"我说，节食减肥对身体不好，我教你跳街舞吧。"兔子两只手趴在桌子上，眼珠子直直地看着我。

我顿时超级感动地也趴在桌上，看着她，对她的关心表示感谢。

随后，她拍了拍我的肩膀，说："那就这么愉快地决定了，明天放了学就开始练。"

"要不要那么急啊？"我当即问道。

只见,兔子抬屁股站起来,走到了门口,随而笑着说:"我要参加街舞比赛,可是队上缺个人,我真的找不到人跳啊……"

我瞬间拿起沙发上的枕头仍她,可兔子已经开门跑走了。

第二天,我黑着脸去找兔子。她说我身材虽然不怎么样,但好在这张脸还挺讨喜,体育神经也算发达。

我知道,兔子从小就学街舞,跳得很好。我以前也跟着在她后面比画过,觉得也挺有趣,但是我爸妈觉得那是浪费钱,一直不给我报任何文艺类的培训。就说:"你把书读好就不错了!"

好吧,咱读……

不过话说,这从小跳舞的人体形真的很不错,兔子那线条真的很分明,胸是胸,屁股是屁股,这举手投足间也会自然而然地透露着一份优雅和脱俗。

所以,女生都奉兔子为女神。

大约四点的时候,我被兔子拖到了她们学校的后操场。兔子这次编排的舞蹈需要六个人,好几个都是学过街舞的,就我没正儿八经学过。

"我说兔子,我临时加进来会不会给你拖后腿啊?怎么说,你都是去参加比赛的。"我趁着上厕所的间隙,把兔子拉出来说话。

"虽然你的身材有些厚重,不过好在反应还算快。再说,你那么多年都看我练舞,也偷学不少了,放心吧,稳稳地。"

"大哥,好歹你也是找我来帮忙的,你说话要不要婉转一点?"我瞬间挑眉看兔子。

"没说你'笨重'已经很婉转了……"

"……"

跟着,我们就一路打闹着在操场上你追我逐。直到现在,我都深刻地记得那一天,每每想起兔子我就会不由自主地笑起来。

那天,兔子跟我说,她这个舞蹈是还有个搭档一起跳的,可是她父亲突然有了去德国出差的机会,还要在那儿工作个两年。于是,他就借着工作之便带她一起去德国住了,连学校都安排好了。

瞧,人生就是如此不定。

当她说完,我就看着兔子,我突然有一种生怕兔子也会忽然离开我的感觉。要知道,没有了这只损人的死兔子,我的生活一定会变得无趣又乏味。

兔子从小就很热爱舞蹈,可是父亲一直是不支持她的,母亲为了这件事一直跟她父亲吵架。所以，兔子一心想在这个圈子里混出点成绩，好为母亲争口气，也好让父亲对她刮目相看。其实，她已经连着两年都得到过一等奖，从编舞到排练都是她一个人组队。

但她父亲却总是对她冷言冷语，说这种奖得了有什么用？

我知道，这次的比赛对兔子很重要，因为这次是舞蹈团的老师来当评委。所以，我也跟自己说，为了兔子我一定要加油。

离比赛只有两个月的时间，我们每天都约好了一起练舞。

别说，跳舞可不是个轻松的差事，你要是不使劲跳，那肢体的摆动看起来就像是得了软骨病，毫无美感。

那阵子，可把我给累坏了。

转眼到了比赛前一天，兔子拿来了演出服给我。

"这个，好像有点大啊……"我试穿后说道。

"看来，加肥猫不用穿'加肥'的啦！"兔子当即坏笑着看我。

兔子这么一说，我才发现，我真的瘦了啊！

我赶紧对着镜子左照右照，开心得不得了。

可就在这个时候，兔子却一脸认真地跟我说："这两个月确实排练得很辛苦。"

"没事啦，我们是好朋友嘛。"我回道。

"那你记得要请我吃'谢师宴'哦，因为我教得真的辛苦……"

"死兔子，看我不抓你红烧了……"

第二天，我们几个一起穿上嘻哈服，超有欧美范儿呢。主持人在后台叫我们出场后，我们几个一气呵成地完成了这套舞蹈。曲子结束的时候，我看着兔子露出了胜利的微笑。

在退场的时候，我们还看见底下的评委老师也都露出了赞赏的眼神。

后来，所有的选手都表演完了之后，有个评委老师到后台点名找了兔子。我猜，一定是好事。

兔子回来之后，便兴奋地跟我说，有个国家舞蹈团的老师非常喜欢她，想招她进舞蹈团培养。不过，需要她改个舞种，改跳民族舞。将来，会有不少登台演出的机会。

那会儿，兔子的眼睛是闪着光的。

"好啊，跳民族舞就跳民族舞，那是多好的机会呀。"我打心底里为兔子感到高兴。

可也因为这样,一年后我和兔子分开了。

因为,兔子考进了上海戏剧舞蹈学院,就此我们不在一个城市了。

正所谓青春不知愁滋味,到了别离才了然。兔子临走那天,我们俩抱在一起哭了好久好久……

"兔子,要经常跟我打电话。"

"你也是,加肥猫……"

兔子走了,加肥猫从此落单了。

再见时,已是两年后,我去上海找兔子,因为兔子要去悉尼深造,想见面就更难了。

我到了那儿,兔子跟我说,她的坚持和努力打动了一直蔑视她的父亲,现在父亲准备送她出国留学,我很为她高兴。

只是,那份不舍还是很浓郁。

但,天下无不散之筵席不是吗?

两年的时间,兔子变得更美,人也更修长了。而我也长高了,长了两厘米,而且不再那么肥了。

我们都更喜欢现在的自己,现在的生活。

说好不煽情,我们要笑着别离。

后来，兔子留我在上海住几天，说要带我去看樱花展。

　　那天，她穿了一身轻便的运动装，而我可是精心打扮了一番的。她一看到我，就皱起眉头对我说："小姐，你跟我出来不是约会的，而且我也不是你想要的那个性别！"

　　我当即忍不住就笑了，因为她说话的表情真的超级严肃，那姿势还是两手叉腰的，看起来真的很有趣。

　　"小姐，我跟你今天是来看樱花的，当然要打扮得像花一样才配呀。而且你不觉得，我的身材现在很不错吗？"我不禁反驳道。

　　"是吗，那我觉得你要失望了，因为你再怎么打扮也比不上花……"兔子还是以前的兔子，我们也都和以前一样。

　　这是怎样的一份初心，让人温暖而舒适。

　　刚好是周末，上午十点园内就已经人满为患了。我们两个并肩走在樱花大道上，按照指示牌去往赏樱区。可是走了好久好久，都没有看见樱花，两边都是一些光秃秃的枝丫。于是，我就有些不悦地抱怨道："真是坑人嘛，这樱花都还没开，怎么赏啊？还要门票……"

　　本以为兔子会跟我一条战线，一个想法，可是她却来了一句："小姐，刚才的指示牌是往左走，不是往右，虽然那个箭头画得有点小，不过应该还是能看清楚……"

"啊……"我错愕了一下,随而冲她大声说道,"你明知道我走错路都不说!"

"因为我想让你多走走,免得很快又回原形,肥回去了。"兔子说完,拔腿就跑。

"死兔子,上次没红烧了你这次一定把你红烧……"

就在那个嬉闹的瞬间,我心中忽然涌现出一种温暖的感觉:人生路上,能遇到你,真好。

其实,我们两个一直都是这样,以调侃彼此、捉弄彼此为乐,十多年都没有变,就像我们的友情一样。

多年后,我曾写过这样一段文字去诠释内心所珍藏的幸福片段:

纵然记忆跨过四季,
你却是最清晰。
没有太过华美的言语,
只有用真心堆砌真心。
生活就是用无彩铅笔,
画一场绚烂话剧。

我们在人生路上,会遇到各种形形色色的人与事,也一定会有人,陪你在同一条路上走上那么一程。不管能走多远，不管今后在哪里止步，于我们而言，那些时光便是一份待我们回忆时，埋葬在内心深处最真切的幸福。

//我们一直被这个世界温柔地爱着

每一种花都有它的花语,每一个人也都有她的执念。不管斑斓是否终会成苍白,只愿曾看过彩虹一刹的艳……

认识他时,我们都在交通大学念研究生。他很优秀,会弹吉他会唱歌,还是学霸型的。他有一米八多的个子,还生得一张俊美的脸,照现在的话说,那就有点像"都教授"那款了。

只是,他除了抱着吉他唱歌的时候会"说话"之外,其余的时间不是一个人待在图书馆里,就是晚上一个人打篮球。

他就像是一个风一样的男子,捉摸不定,沉静内敛。

有不少大胆的女孩子都主动向他表白，可她们一个个都战败了。

所以，其貌不扬的我更不敢靠近他。

只是，有好多次，我们都会在图书馆里不期而遇，喜欢看的书也都是一个类型，于此，我们不禁相视而笑。

不知道是不是我多心，我总觉得他对我的态度还挺好的，有时候还会主动推荐几本书给我看。能和这样一个男人面对面地坐着看书，就算只是静静的一句话不说，我都会觉得那样的日子是我平生所求的。我知道他不爱说话，但我知道一个人总还是需要关怀的，天冷了我给他织围巾，他早上有晨跑的习惯，我就默默地去看他，给他备好水和早餐。

就这样，一天一天，一月一月。

跟着，我们就心照不宣地在一起了。那个时候，我觉得我是全天下最幸福的女人，就连平常最讨厌的下雨天也变得有了太阳的味道。

林徽因有一首非常著名的诗，我很喜欢其中一段：

你是四月早天里的云烟

黄昏吹着风的软

星子在无意中闪

细雨点洒在花前

而他,就是给我这样一种感觉。他总是很安静,总是很淡然,好像一切都无所谓,好像周遭的人与物都是和谐美好的,抑或都是跟他无关的。但事实上,在他的内心深处一定不是林徽因所描绘的——你是人间的四月天。

四月是充满希望的,可我在他的眼睛里并没有捕捉到希望,我所捕捉的却像是一潭静止的湖水,或者是深夜里最厚重的黑。

交往了大约八个月,我不小心怀孕了,我告诉了他。他看了看我,淡淡地说:"我正准备去美国念MBA。"

我顿时明白了他的心意,然后深呼一口气,说:"我知道了,那我也去。"

他看着我,没再说什么,只是说:"那我去准备了。"

看着他的背影,我的心有些刺痛。我本想试探他的心意,是不是怀了孕就可以考虑登记结婚的事。可很显然,他从没这样想过。

也许,在他心中一直有一张地图,那张地图很大,而这里也绝不是他想要停留的地方。

他会有这样的反应其实我也想到过,但我还是很失落,很伤感。然而，我们毕竟都不是孩子了，我们都二十五六岁了，我们有能力去承担自己的喜与悲。

第二天，我就去了医院。医生问了我一些情况之后跟我说："第一胎打掉了，以后很容易流产的，你考虑清楚了吗？"

我说："我考虑清楚了。"

两周后，我去做了手术。这两周，就像两年那么漫长。我曾傻傻地想，我跟他的孩子会长什么样，如果是个女孩，我希望她长得像他，因为像他才会漂亮。不过我想，他应该会喜欢男孩吧……

然而，我想了那么多，最终还是亲手把孩子打掉了。

就这样短短的几十分钟，孩子离开了我。

医生告诉我，术后要好好休息，好好调理，可我根本不敢告诉我父母，也不敢浪费时间。所以，我还是自己照顾自己，吃着学校食堂里的饭，熬夜看着书。因为他的成绩比我好太多，家境也不错。可我就不同了，想要通过美国MBA留学的申请还有那一笔高昂的出国费，我真的有些吃力。

但，为了这个我深深爱着的男人我不得不放手一搏。

三周后，待我身子好一些我打电话给了父母，我跟他们说我要去美国读MBA，希望他们能够支持我。我父亲是做水管生意的,他说这些年他攒了不少钱,还说既然我有一颗向上的心,那么他们就算以后每天只喝粥吃咸菜也都会支持我的。

那一秒,我在电话那头留下了无声的泪。

我曾问自己,我这样做是不是对的。可当爱情充斥血液的时候,是没办法考量那么多的。我只知道我爱他,我要跟他在一起。而如果他一个人去了美国,那么我们之间就只能走到这里了。

爱情的力量是无穷大的,我也真的没想过我能够通过考试,被顺利录取。

而这,也是出乎他的意料的。

我通过考试的那天想跟他庆祝,可他的表情并没有为我们能同行而感到高兴。他反而变得疏远和烦闷,我问他怎么了,他总是摇头,什么也不说。

那天晚上,我们坐在租借的房子里默默地吃饭。我为了他打掉孩子他从没有问候过半句,我为了他拼了命地学习他也没有鼓励过我半句,我父亲为了我卖了房子筹了钱,他听了也一点反应都没有。

我忽然发现,我是那么卑微地赖在他身边。

可只要他不说,不说不爱我,不要我,不跟我说分手,我就全都忍了下来。

很快，我们就通过面试办好了签证，买了飞机票。可直到那天去机场的路上，他才跟我说，他到了那儿停留一天还要转机。

我当即就惊愕了，我问他："什么意思？"

他说："我跟你不在一个学校。"

这一句，犹如晴天霹雳，我一下子就蒙了。我看着他，心底顿时有股恨意在瞬间蹿升，我问他："你是不想跟我在一起对吗？"

他说："我也不知道。"

"去你的不知道！这叫什么话？"我忽然发现，我没办法冷静，我不得不发疯。

他看着我，还是一样的淡定，似乎我的喜怒哀乐都对他起不了作用。可我没有办法再装傻，装有素质，我一把揪住他的胳膊问："你到底什么意思？你到底把我当什么？"

"阮清，我曾经很爱一个人，我试着忘了她，我努力地试过。"

我拉着他的手，在颤抖。

"我试着不再去看跟她一样类型的女人，不再喜欢长发的女人，不再看推理小说，不再去奶茶铺。我真的很努力地试过了，阮清。"

那一刹那，我脑子一片嗡嗡的轰鸣。

原来，他当初肯跟我在一起，是因为我不漂亮，不是长发，不爱看推理小说，也不爱喝奶茶……

原来，他只是在寻找一个能帮助他去忘记一个人的人。因为我与她的截然不同才能令他不再想起和她相关的一切。

"不……你不能这样对我……我是真心爱你的……你不能这样对我……"我顿时失控地大喊起来，泪流满面。

"我知道我对不起你，我隐瞒了你，但也正因为这样你被哥伦比亚大学录取了不是吗？到了美国，你读了MBA会认识更多优秀的人，你一定能忘了我。"

我突然发现，站在我眼前的这个人好可怕，好陌生，好冷血……

我爱的就是这样一个可怕、陌生又冷血的男人吗？一个人明明拿着刀子狠狠地刺破了别人的心脏，却还冠冕堂皇地觉得自己用心良苦？

哭过之后，我松开了他的手，自己拿着行李往安检那儿走。

不顾来往的行人看我是否依旧满脸泪痕，我就这样快步地走着。

那时，我听见他在叫我，我没有停步。

这是我第一次，尝试着让自己坚强。

到了登机口,我坐了下来,心情是复杂的,茫然的,害怕的。因为这样的状况是我出门前始料未及的,我甚至都没有查过我下飞机之后要怎么走。我天真地以为跟着他走就行了,不用多此一举。

结果,他是那么狠地给我摆了一道。

就在我坐下没多久,他来了,他说:"我会先送你去学校报道,隔天我再走。"

多么替别人着想!多么温柔有责任心!我看着他,说:"不用了,去走你早就计划好的路吧。"

他没说话,恢复了安静,就这样坐在我身旁。

之后,我们登机了。

临行前,我憧憬过各种飞机上的情景,我可以跟他讨论一下到了美国要怎么去玩一玩,如果坐飞机累了,我可以撒娇地依偎在他的怀里,然后问空乘要一杯果汁,看一看蔚蓝的天空。

可是现在一切成了讽刺。

也因为之前的争执,我们换取登机牌的时候不在一起,位子被拆开了好几个,我身边坐着一个金发碧眼的中年男人。他身边,坐着一个孩子。

就这样,我们在飞机上度过了十三个小时。也许,对很多乘客来说这十三个小时是很漫长的，但对我来说却好短好短。并不是因为我下了飞机就会和他分开，而是这十三个小时无法令我参透我将来的人生。

一个人，要怎样面对在美国的日日夜夜？

下了飞机之后，他一直跟着我，即便我说了很多次不用，他还是坚持要送我。我已经没有力气跟他吵，他愿意送就送好了。

到了哥伦比亚大学之后，他说："有事记得给我打电话。"

我点了点头，什么也没说就走了。

我一边走，一边止不住在泪流。所幸这里的一切都是崭新的，不一样的人，不一样的建筑，不一样的流云。看着它们，我的心情不由得缓和了一些。

之后，我把所有的心思都花费在学习上。正如他所说的那样，我不是被哥伦比亚大学录取了吗？我应该会拥有更美好的前程不是吗？我更不能让为我倾其所有的父母失望！

半年后，我已经适应了这里的生活，也认识了不少新的朋友。

可是，我的心还是那样沉重。

有一天，大约下午两点的时候，我接到了一个电话，号码是他的。我很诧异，他怎么会突然打给我。

电话那头,他微弱地说他出了车祸,他不知道还能不能活下去。所以,他想求我一件事。他说,他打了好几遍他父母的电话可是始终没人接,可能不在家,手机也忘带了。他说,万一他进了手术室再也出不来,希望我能替他转告这个消息……

还说,这辈子欠我的,他下辈子一定加倍还给我。

我听了顿时就哭了,随后不停地问:"你在哪家医院?你在哪家医院?"

电话那头,他都来不及说就没了声音,随后是身边的医护人员告诉我的。他们告诉我地址之后,我就连忙赶去了机场。我这才发现,不管他是不是冷血,是不是自私,是不是糟糕透了,这些都无法淹没我爱他的心啊……

下了飞机,我立马拦车去了医院。

到了那儿,手术刚刚结束,他刚刚被护士推出来,脸上带着氧气罩,浑身是伤。我问医生,他有没有生命危险。医生说,主要是失血过多,内伤也并不算太严重,修养一段时间就没事了。

我流着泪,坐在床边,拉着他的手。

他看见我,试着要跟我说什么,可是太虚弱了。我对他摇头,让他别说,什么也别说了。

之后的几天,我就承担起了一个"妻子"应该承担的责任,喂他喝水、吃东西,日日夜夜地陪在他身边。病房里的人都说,他娶了一个好妻子,真幸福。

我流着泪,没说话。

这个时候,他说:"她确实是一个好妻子。"

他说完这句话,我不禁看着他,愣愣地看着他。他没再说话,只是紧紧地握住了我的手,看着我。

我的泪,还在流。

大概又过了两天,他的父母焦急地从国内赶来了,他的母亲一看到他这个样子顿时就心疼地大哭了起来。不停地说着,他是他们唯一的儿子,如果他出了事他们该怎么活……

那一阵阵的心酸直往上涌,我跟着再次泪流。等他们平静过后,他们的父母连忙向我致谢,说不出的感激。

这时,他忽然向他父母说:"这是我女朋友,我打算回国后结婚。"

结婚?我呆滞在了那里,心情极为复杂。

可是我的心一直在暗示我,我要这个婚姻,我要这个结局。而这半年来的独处,我也想了很多很多。一个人深爱一个人难道是错吗?一个人忘不了一个人难道是罪恶吗?若他不曾受伤,也许我永远没有靠近他的机会。

现在，不管他是出于内疚也好，感动也好，报答也好，只要他愿意跟我结婚，陪我走完人生那就足够了。

他的父母也很喜欢我，说我是个朴实的好孩子，说讨老婆就该选这样的，还说他终于想通了。

我不想去追究他父母言语中的"想通了"是什么意思，我只知道我又可以跟他在一起，可以做他的妻子了。

三个月后，他康复了，恢复得很好。

我们走在林荫下散步，他牵着我的手说："放假了，我们就回去领证，婚礼的话等毕了业。"

我点了点头，眼睛有些湿润。

"阮清，也许我的心暂时还不能完整，但请允许我先给你一个完整的家，我答应你我这一辈子都在你身边……"

他说完，就一把将我拥入怀中，我顿时哭得一塌糊涂。

一生中，我们会遇到很多人，也总有那么一个人会令你刻骨铭心，但刻骨铭心未必就能一直走下去。而当我们受了伤，我们就会下意识地变成一只刺猬，不分缘由地刺伤一切爱你和关心你的人。可也总有个人，会帮你慢慢地拔掉那些刺，找回你原来的样子。

所以，不管我们曾有多少伤，请相信，我们一直都被这个世界温柔地爱着。

//守候,是我想给你的爱

曾固执地以为一个人不会因为另一个人而改变,可自从遇见了她之后我便迷失了自己,看不清远方。我唯有追寻着一道光,不停地奔跑、奔跑……

认识她,是因一次非常传统的相亲。我本来也没抱任何希望,只是父母的一再催促,想到自己也已奔三,所以我不得不应承一下。

相信很多人都跟我一样,都是怀揣着吃顿饭、见个面的心态去赴约的。我没有精心去整理自己,就在衣柜里随便找了一件衬衫穿上,开车出门了。其实,那会儿我自觉有些自傲,我家境不俗,自己也是事业有成。我是姑娘们口中的钻石王老五，也是朋友眼中的一枚土豪。

套句狂傲的话，不是姑娘们选我，而是我选姑娘。

我在西班牙待了四年，在德国待了两年，又在法国出差了一年，加上英语我可以说四国外语，这是我引以为傲的经历和才学。只是，我父母都是传统的人，他们不喜欢移民，他们更信奉天伦之乐。

父亲常说，如果一个人的富裕是建立在家人分离的基础上，那么，他们并不需要这样的富裕。而一个有能力可以富裕的人，又怎么会拘泥于在什么地方。

我认同父亲的话，我们不是一棵树，一棵讲究气候适宜的树。每一个人都应该是颗闪耀的钻石，放在任何一个地方它都会闪耀。即便掉落在湖底，当你浮潜的时候你也依旧会发现它的光芒。

其实，我们只要不把侥幸和庆幸当作事业中的朋友，便会得到真正的智慧。

回国后，我自己开了公司，收入还不错。父母闲着的时候，可以到我公司来坐坐，喝个茶，等我下班。这样的景象，是我父亲梦寐以求的。我出国那些年，我知道父亲一直很彷徨很不安，他担心自己会成为国内媒体所报道的"空巢老人"，徒有一方房产，徒有那用不完的钱，而结局倘若凄惨的话也许自己死了儿子都不知道……若把儿子培养成才是一种成功,那么这样的成功又何尝不是一种悲哀?

我开着车,听着音乐,回想着介绍人对女方的描述。介绍人说,女方本科毕业,身高一米六八,长相清秀,现在一边工作一边考研。

实话说,我对女人的学历并没有太高的要求,学历和品德这年头也无法挂钩,我觉得我更需要的是一个品德好的女人来做妻子。长相清秀?通常用清秀来描述长相的一般都不漂亮,那是一种委婉的说辞。可于我而言,我不需要貌美,但需要一种气质。我不需要你气若幽兰,但至少雅致一些。

那一天,路况很好,我开车早到了二十分钟。我就坐在了约定的咖啡厅里,先点了一杯咖啡。

大概过了十分钟,我看到一个不抹粉黛,穿着素色长裙的女子从落地窗前走过。我不知道如何形容她那一份静逸和些许凝愁的表情,我只知道她应该是一个有故事的女子。想着,我继续喝咖啡,继续等一个叫作苏欣的女人。

就在我沉浸在那个女人从落地窗走过刹那的画面时,有一个细弱的声音,说:"请问,您是许绍博先生吗?"

我转头看,居然就是刚才我所注视的女人。

我点了点头,说:"是的。"

"不好意思,我是苏欣的妹妹,我姐姐很反感我们给她相亲,所以她不肯来。我怕你久等,所以赶过来跟你说一声,真的很抱歉。"

我看着她,示意我了解了。

随后,她便说:"那我还有点急事,我先走了。"

初见时,就是这样一种莫名的状态,我甚至都来不及问她叫什么名字。她走得如此匆忙,心事重重。

本以为,我会当作今天我没来过。可是开车的路上,她的容颜,她的声音就一直在我耳边回荡。我不懂,我怎么会对一个陌生人留有那么深刻的回忆,甚至有一种想要了解她的冲动。

我甚至想要知道,她看我第一眼时是什么样的感觉。

那是一个落叶纷飞的时节,我们就像那一片片落叶,看似相遇了却又被风吹向了不同的地方。

回了家,父亲很诧异地看着我,我知道他在诧异什么,诧异我怎么那么快就回来了。我便说:"人家没来。"

父亲还是很诧异,不懂我的意思。于是,我便把事情告诉了父亲,父亲便告诉了我一些苏家的事。原来,父亲给我介绍的是他的旧友的孩子,他们家一直住在云南,最近几年才来了杭州。

那个自称苏欣妹妹的人，叫苏尹，在这里开了一家人文茶室。

我心里窃喜，随即问了那间茶室的名字，决定去找苏尹。

就在第二天下午，我找到了这间茶室，茶室的风格是中式简约派的，有点像寺庙中的禅房，非常雅致。

我推门进去，就看见了一幅幅悠扬的书法。服务生带我去了一个沙发雅座，茶几上放着一些关于茶叶的书。墙面的书架上，放着一些佛学、诗词和散文。不乏徐志摩、三毛、张小娴这类的作品。

而后，我问他们，有没有一个叫苏尹的人。

他们告诉我，苏尹正在包间教学员茶道，还没下课。我这才明白，原来这件茶室除了可以饮茶之外还可以学茶道。而她，还是一名茶道老师。

顿时，我对她的喜爱又不自觉地升华了。

这是怎样一个高雅的姑娘，如风轻，似云淡，隐世避俗于茶香之中。

二十分钟后，苏尹来了。她见了我，有些惊讶，不过很快就以淡雅的微笑对我，然后给我上茶。

我看得出，她并不讨厌我。而我也可以确定，她上次的匆忙是因为要赶着上茶道课而不是怕尴尬和逃避。

阳光照进茶室，很暖，金色的光晕斜照在她的刘海儿上，很美。

我问她："我能经常来这里喝茶吗？"

她淡淡地说："当然可以。"

之后，来这里品茶成了我的乐趣，我也从她身上发现了茶道的博大精深，且再一次确认一个人的心境确实可以塑造出一种清丽脱俗的气质。

苏尹说，她拜师学过书法和茶艺，非常喜欢中国的传统文化。她也曾试着让姐姐苏欣一起学，可是苏欣和她的性格很不一样，她静不下来。熟络之后，她还告诉我，苏欣一直喜欢一个有妇之夫。她劝了她很多次，都没有用。家里，自然也是大发雷霆，全然反对的。后来，那个有妇之夫移民去了澳洲，自然也就不可能带上她，她便一直活在了痛苦里。他们家都很希望有人能帮她走出来，所以她父亲联系上了我父亲。

"我很抱歉。"告诉了我实情之后，苏尹觉得对我有亏欠。

我可以体会，苏尹爱姐姐的心，而谁又没有一些执拗和过去？

"不用抱歉，是我应该感谢你的坦诚，更应该感谢你来通知我，让我遇见了你。"我不禁向她表达了我的爱慕。

渐渐地，我们走近了彼此，可是一走近就让我逐渐地发现了一些问题。苏尹不爱热闹，不爱去人多的地方，闲暇时她宁愿窝在茶室里写写毛笔字，翻翻古书，熏一些香。我觉得，她似乎是一个生错了时代的人，她身上有太多古代人的气质。她不会去迎合你的兴趣，去看一场热门的电影，去打打网球或者买张机票去世界各国走走。跟她交往，必须是你来迎合她的安静和从容。

短时间，你会觉得那是一种幽然的美。可时间一长，你会觉得这种生活太与世隔绝了。

我不是杨过，最后愿意和小龙女一生一世隐退，我需要外面的世界，我需要交际，我需要应酬。

有一次，有个酒会，我想带苏尹一起去参加，可她一听就拒绝了我。我便问她："你觉得爱情是什么？"

"爱情是风来了又散了。"她答。

我沉默了。

她是聪慧的，不用任何尖锐的字眼和僵直的表情，只是用一颗好似看透了世俗的心让你揪心和无言。

于此，我们又渐渐地疏远了彼此。

可是，当我远离了她，我又觉得自己变得很浮躁，我很想喝一杯她沏的清茶，很想看她书写笔墨时的娴雅。我不知道自己怎么了，只知道她充斥了我的生活。

我问自己，繁华的背景下若是我一个人欣赏，那景致还美吗？不知道是她感化了我，还是我心存慧根。那晚的酒宴我吃得不太痛快，我的心一直在苏尹那边。散席后，我打了电话给苏尹。

苏尹一听到我的声音，她便说很害怕。

我很惊诧。

后来，我到茶室去找她，她的脸色不是很好。我才知道，那份娴雅是她为脆弱特制的伪装。也是在那一晚，她告诉我，她是爱我的。

可也正因为爱，她害怕失去。在上大学的时候，她的初恋男友抛弃了她，和她同寝室的女同学好上了，还让她逮个正着，他们面对她的质问也直言不讳。至此之后，她就再不敢触碰爱情。她开始学书法，开始学饮茶，开始看各种可以令自己安心的禅语，因为只有这些可以让一个人的心慢慢平静。

她还说，她曾经去寺庙住过一阵子，每天五点起床扫台阶，做斋饭。她说，只有这样，她才可以觉得痛苦少一点。

这番话，我听来是如此的心疼。

那是怎样一个男人把一个这么好的女人伤得那么深？

而又是怎样的一份深情，错误地置放在了一个用情不专的男人身上？

我当即抱住了苏尹，紧紧地抱住。我凝看她的脸，发现了她脸上依稀流过的泪痕，她的身体又是那样的纤弱和单薄。

苏尹靠在我的怀里，说："姐姐爱错了人，我也曾爱错了人，所以我真的不知道这次有没有爱错……"

"知道你像什么吗？就像广寒宫嫦娥怀里的兔子。你一直用你的静默看着这个世界，可静默无法驱赶你心中的不安。苏尹，就像你说的，爱情是风来过，又散了。可是，我想要告诉你的是，我想要一个婚姻，一个能经得住风散风又回的婚姻。"

苏尹看着我，泪不禁掉落。

我知道，那是感动和感谢。

半年后，我和苏尹结婚了，我把婚房装修得很简约，厅里挂满了苏尹的书法作品。不懂品茶的我，也已经可以专业地向亲戚朋友介绍茶道。我父母很高兴，苏尹的父母也很高兴。苏尹的姐姐苏欣也从悲伤中一点点在康复，还出席了我们的婚礼。

穿上白纱的苏尹很美，眼眸里也不再是凝愁和忐忑。我也决定，要用一辈子的时间让她活在现代的繁华里，与古人的幽怨相离。

婚后，我带苏尹去了西班牙，去了我以前住过的地方，我给她拍了很多照片，照片中我发现了许多许多甜美的微笑。

人生中能遇见一个你愿意守候的人不易，而另一个人的舍弃也终将会在他的回忆里勾勒出一丝惋惜，因此我们应该跟那个舍弃的人说一声谢谢，谢谢他的舍弃成全了他人的美满。

04
CHAPTER

慢慢来，
一切都会是期许的模样

你要去相信
最好的一切都在路上

有一种困顿总在心间
只因未知的白昼和复始的黑夜
当缥缈的烟沙筑起一道纤薄的
始终抓不住的幕墙
我们又何须纠结人生究竟该是什么模样
只要曾努力过就很好

//当细水无法长流,又何必奢求

对于婚姻,我求的不是爱情,只是一份携手到终老的陪伴。对男方要求也不高,身体健康,五官端正,有一份能养活自己的工作就可以了。毕竟,我要找的不是聚宝盆,我自己也不是一个废人,我有稳定的工作,我有开明的父母,我还有一间自己的房子。

虽不算富裕,也不算拮据,寻常人家而已。

很多人都说曾经拥有就足够,那么往后呢,要怎样去走?

于我,一直信奉的是细水长流。平淡也好,无趣也好,我需要的只是那一叶能与我随遇而安的扁舟。

我父母都是安分守己的老实人,父亲是厂里的门卫,母亲是商场里的收银员。从小，我所认知的家庭就是父母一下班就和乐地交流，休息日就一起买个菜烧个饭，平日里吃得节省点，逢年过节就买点好的。

母亲说，有钱人吃螃蟹也就比我们吃得大点，味道也是差不多的。一直以来，我都受到母亲的影响，学会不嫉妒，不过分要求，懂得知足常乐。

进了大学之后，我一直本分地学习，情商也确实有些低。直到大四毕业的时候，我才发现同寝室的同学都早已成双成对。回到家，母亲就说我怎么就没长个心眼，找个男朋友回家。

时光如梭，怎叫人不感怀？

后来，我上了班在单位里遇到了个我心仪的男人，他叫袁东。袁东是研究生学历，比我大了两岁，一米七八的个子挺帅气。只是，他不是本地人。他说，他家里很穷，因为他父辈有七个兄弟姐妹，把家里给整穷了。后来，他父亲早亡，母亲带着他和姐姐，日子就过得越来越拮据。他能上大学到广州来工作，全靠他母亲和姐姐在鞋厂里打工给他凑的钱。还说，他们家苦的时候，一年到头也吃不上一只鸡。

我从小生在广州，家里再不济也不至于上不了学，吃不上肉。我听了，颇为动容，更理解了袁东的不易。

很快，我们就成了知音。一起吃饭的时候，他说我和这边的女孩子不同，很多当地的女孩子听了他们家的情况之后就懒得搭理他了。

我笑了笑，没说话。

后来，我们就一起去公园散步，去奶茶铺喝奶茶，去看最新的电影。闲来无聊的时候，袁东会让我教他说粤语，而他就教我一些他们老家的方言。南辕北辙的两个人相遇，总觉得有好多新鲜事说不完。

我不禁觉得这样的感觉还不错，袁东也直白地说他觉得我挺好。

三个月后，我们确立了恋爱关系。于是，我就跟我母亲说我有男朋友了，母亲听后可高兴了，让我赶紧带回家给她瞧瞧。可母亲一听他是外地人就立马翻了脸，说："静静啊，不是妈要拆散你们，他老家那么远你结婚了是要跟着过去？北方那边的天气可比广州差远了，冬天能冻死你，风沙也大，女孩子老得快啊。再说了，万一结婚后，你们俩吵架，你要回娘家来诉苦避难什么的，也不方便啊。这一路，我还不放心你一个人回来呢。"

我知道母亲是理智的，可是对于从来没有谈过恋爱的我来说，这第一次的心动是疯狂而无法理智的。母亲的话，我完全不能苟同，更不以为然。而向来扮演乖乖女角色的我，也就在那一天第一次顶撞了母亲。

母亲很生气，一句句地说为了我好。可是那一句句在我听来，是多么的荒谬和难以理解。为了我好，为什么不支持我的选择？为了我好，为什么不祝福我？为了我好，为什么一棒子打死我，说我选择的一定是错的？

就在那一晚，我和母亲不欢而散，转身投向了袁东的怀抱。也就在那一天，我们在没有成为合法的夫妻之前有了夫妻之实。我是如此倔强地用女人最宝贵的东西当赌注。

而后，我不理会母亲的反对，坚持和袁东去领了结婚证。我不是孩子了，我有决策权，我有自主权，我要嫁给谁就嫁给谁。

可多年后我才知道，我对自己未来的抉择是如此的轻率和匆忙。

那个时候，袁东知道我母亲反对我们，他并没有主动提出要去见见我母亲，也没有想过要表现一下自己，或者给母亲一个承诺，承诺他会善待她的女儿。而我，只是一厢情愿地以为，袁东他很爱我，跟他回老家之后他会照顾我，疼我。

领完了证，我只是打电话告知了母亲这件事，丝毫不觉得自己做错了。而母亲也因此气得扔下狠话，说就当她没生过我这个女儿。我回不了家了，就跟袁东说："咱们先回老家见你母亲和姐姐吧。"

那晚，袁东没说话，只是埋头整理东西。

我以为，他是不想多说免得惹我不高兴。

多年后我才明白，袁东是担心自己捞不到好处。

第二天，袁东买了硬卧的火车票，坐了好几天的火车才到了他们家，我这才发现这里离广州真的好远，好远……

来之前，我有心理准备，我知道袁东家的条件不好。可是，他们家的条件不好到超出了我的想象，就连一个像样的沙发都没有，墙面也没粉刷过，坐的都是磨破了的板凳。

袁东母亲见了我并不怎么热情，我坐下来之后也没人招呼我喝水什么的。后来，袁东跟她说他跟我领了证，她也就对我笑了笑。我很孤单且不安地坐着。他们家什么都没有，电视机是老款的，更别说网络了。

我很无聊，看到桌子上有几个橘子，就顺手拿了一个吃。谁想，她母亲当即呵斥我说："这不能吃，这是一会儿要去祭祖用的！"

我被吓着了，她好大声，好生气的样子，我赶紧把橘子放回去。后来我就想，不就一个橘子吗，就算是供品，回头再拿一个不就好了？也不至于要这样跟我说话啊。

那一天，我感到很迷茫和不安。

所幸，袁东说："我们结婚以后又不在这儿住，母亲性格是古怪了一点，不过熟悉了就好了。"我听了，也就没放在心上。

到了晚上，他们也没招待我吃什么，就一碗面条，一个包子。给我们住的房间也非常简陋，墙上可以依稀看见蜘蛛网，日光灯上还有好多飞蛾。

那一晚，我吓得整夜睡不着，根本就不想躺下。

第二天一大早，我就跟袁东说："我们还是先回去吧，我实在适应不了这里。"

"是啊，这里跟你们那儿肯定不能比。"之后，袁东就带我离开了这个恐怖的地方，我也就此打消了来这儿生活的念头。当然，袁东也旁敲侧击地说让我跟父母搞好关系，别为了他和父母闹不愉快。那时的我，天真地以为他真的是为了我好。于是，我就开始琢磨怎么去哀求母亲。毕竟，我们俩工资也都不高，一直租房也不是个事。

母亲见我低头示好，想想也就我一个女儿她就开始接纳我们。很快，袁东就搬到我们家来住了。

前一个月还算好，可是之后父母就对袁东有了意见，说领了证总要办个酒席，袁东却说他没什么钱。我和父母说了袁东家里的情况，父母做了第二次退步，置办酒席的钱女方先垫付。

婚礼那天,父母一直被他们圈子里的朋友嘲讽,意思多半是怎么找个那么穷酸的男人结婚。我知道,父母那天不好受。于此,我就在化妆间跟袁东说:"我们以后要好好工作,让我爸妈他们有点颜面。"可袁东却说:"我的钱,要拿来寄给我妈跟我姐的,你也看到了我们家比你们家可穷多了。"

这一句,让我的心凉了一半。

我想说,那置办酒席的钱总要你还的吧?可想了想,还是没说。我不想在结婚的日子里吵架。

婚后,各种不和谐层出不穷。

父亲跟袁东说:"老婆是你讨的,你没钱买房没关系,可是这吃喝你得照顾,你好歹在我们家吃住,你得拿出钱来补贴给我们吧。"

可袁东却说:"她没待业啊,她有工资啊。这吃喝,我一个人不就多了一双筷子,爸你也太斤斤计较了吧。"

这一句,把我父亲气得一口气差点没提上来。

这倒成了我们家的不是了?

我一把把袁东拉到房里,跟他说:"你怎么能这么说呢?要是我们出去住,你也得付房钱的吧。现在我爸妈让我们住在这儿,你补贴他们也是应该的。"

"哎,你这话说得不对。我可没有非要住他们的房子,是你觉得租房太麻烦要去你家住的,我完全可以出去租。不过,这话说回来,女婿住在丈人家里要给钱,这是明显没有把我当自己人看啊。"

我突然觉得,袁东很会颠倒是非,我根本说不过他。怎么说,都是我们的不对。母亲在门外听见了,随即到房里来拉我出去,说:"算了算了,这种人你跟他说什么。"

后来,我怀孕了,袁东也没显得有多高兴。

张口闭口就还是那句:"我没有钱,孩子你们管吧。"

之后,产检、做饭、照顾我这个孕妇,里里外外都是我妈一个人。他压根儿就没关心过我,还整天跟同事出去打牌喝酒。输了钱,就回来翻我的皮夹。我数落他两句,他就大声说:"你的钱不就是我的钱,你将来这房子还是我的呢!"

我气得当天晚上就动了胎气,母亲赶紧带我上了医院。路上母亲问我怎么回事,我怎么都说不出口。

几个月后,我总算是顺利产下一个儿子,我们全家都很高兴。可是这钱也都是我们家在出,他的钱不是输光了就是寄回家了。

我妈有时候忍不住,就说他几句,他倒好,说得比你还大声:"是你女儿看上我的,我也早就跟她说我穷了。"

每次吵,他就这样说,把我妈堵得心口疼。

而我,也是自作孽不可活。

转眼,过了三年,孩子上幼儿园了,袁东跟我的关系也早已经形同陌路。但我不能容忍的是,他对我父母的态度一年比一年恶劣,一次吵架还把我父亲气得中风进了医院。

那一次之后,我铁定了心要跟他离婚。

谁想,他却说:"你拖个孩子,还有哪个男人要你?我离婚了,照样找个比你更好的。"

我按捺住性子,说:"那你去找吧,我会通过法律程序跟你离婚的。"

说完,我抱着孩子离开了家。我仰起头,才发现我的心豁然开朗了。这几年的隐忍让我过得太辛苦,太累了。

令我感到最抱歉的,是我连累了父母。离婚后,我再一次让父母在亲戚朋友面前难堪了。可我也正因为不想让他们再陪我受苦,才这样决定的。

而离婚后,我才彻彻底底地看透了袁东的为人,他立马就回老家找了个女人结婚了,还故意跑来通知我,讽刺道:"祝你早日结婚。"

我是怎样瞎了自己的眼,嫁了这样一个男人?

多年后，承蒙他所愿，我没有找到男人结婚，但我并不觉得自己悲哀。没了爱情，我收获了工作，我成了一家外企的人事主管，还有一个可爱的儿子一直陪着我，我很知足了。

至于袁东，我们没有再联系。一个只知道自我，只知道愚昧孝顺的儿子，只能活在他自己的世界里，于他而言，也许钱真的很重要，也许母亲和姐姐真的很重要。可是，你认为的那些重要的人不能用另一个人的善良和金钱去替你偿还你所无法偿还的责任。

而成熟之后的我，回顾当年的种种，才发现自己是多么的无知。老师曾教过我们，要透过现象看本质。可往往年少的我们，总会忽略现象而去认定一个虚无的本质是真的。我们执意赶走了驳斥我们的人，还讨厌那些苦口婆心劝慰我们的人。殊不知，我们是怎样荒谬地葬送了自己的未来和青春。

在那之后，也没有人会为你背负你所受的苦，你唯有自己承受。

人生路遥，你无法一眼望到终点，你认为正确的路也绝非就是正确的。那些，尚且还行走在爱情路上的人们，请一定要放下心中的自我，去听一听那些已翻山越岭的人给你的建议，千万别用轻率输了自己应有的美好。

而当细水无法长流的时候，我们又何必奢求？选一处安逸的山野避世，又何尝不是一种幸福？

//你要去相信,最好的一切都在路上

若沿途遇见了风雨,请不要却步,因为人生路漫,需要耐心地走。

有一个男人他叫肖辉,一路走来他有些不太顺利。高考那年,母亲从三楼坠下,他没能参加考试。家人因此把这个作为天意,肖辉也无心重考。于是,他开始了创业之路。

起初,他在舅舅的饭店里当学徒,后来母亲总觉得是她连累肖辉没能考上大学,所以,她就筹钱给他开了一家路边餐馆做个小生意。说是餐馆,不过就是那种沿街的几平方米的小作坊,也就卖卖菜饭、面条之类的小店。针对的群体,多半是学生、出租车司机和附近厂里的工人。

刚开张那会儿，肖辉的生意还不错，因为他隔壁就是一个职业学校，对面是一个很大的汽修厂，这条街上也没有什么吃的店。所以，每天一到中午，这里就人满为患，叫外卖的人也多到忙不过来。

可不出半年，他们这儿却接到了拆迁改造的通知，还说这一排沿街的店面全都是违章搭建的非法建筑，要全部拆除。

就这样，这好好的买卖就被断了生路。

后来，肖辉就跟母亲说："要不咱们狠一狠心，去租个正规的店面开餐馆吧，就当这半年来没赚钱呗。"母亲听了觉得有理，反正也有手艺，所以她表示赞同。接着，她和肖辉一起去物色合适的店面，逛了一圈，他们看中一个闹市口的商铺位置，房租虽然贵了点，但是人流量大。因此，他们决定租了。

谁想，装修那会儿，肖辉就莫名受到了一群混混的恐吓。他根本不认识那些人，可那些人一个一个都很凶狠地瞪着他，吼道："兄弟，你开什么店都行，唯独饭馆不行！"

肖辉听了立马没好气地回道："我开什么关你们什么事呀？"

这句话一出，那帮人就捡起地上装修的木棍，朝肖辉扔了过去。要不是肖辉躲得快,铁定被砸破头。肖辉他们就几个人,根本打不过他们,他只好忍了下来。

事后,他跟父母说了这件事。母亲听了,分析说:"他们一定是对面那个餐馆叫来的人,怕我们抢了他们的生意。"

"怎么能这样呢?他能开餐馆,我们不能开?这也太不讲理了。"肖辉顿时嚷嚷道。

"可照你这么说,那帮人那么凶,不太好惹呀。"母亲颇有顾虑。

"妈,什么时代了,他们敢再来我就报警,不用怕的。"肖辉很是气愤地说道。

母亲想想,也对,毕竟不是旧社会了,能报警啊。

后来,肖辉的饭馆还是如期开张了。肖辉的舅舅以前是五星级酒店的大厨,肖辉在舅舅的传授下学到了很多酒店的私房菜式,口味可是绝对的一流。

这家饭馆的面积也比之前的大多了,有近六十平方米,装修也弄得像模像样的,看着还算素雅高端。所以,这一开张就引来了好多客人。相对的,对面那家店就显得门可罗雀了。

开张那天,肖辉时时刻刻都在关注着对面那家店,生怕他们又找人来闹事。然而,正所谓是福不是祸,是祸躲不过。开张的第三天，之前来过的那帮人就凶神恶煞地冲进了店里，这一吆喝就把好多客人都给吓跑了。肖辉顿时拿起电话要报警，结果被一个男人一把砸了电话，还揪住肖辉的衣服对他的腹部一阵狠打。

店里的小工都吓得往外跑，等肖辉母亲赶来的时候，肖辉已经被人打趴在了地上。跟着，又是110又是120的。警察去对面盘问，那家餐馆的人就是不肯承认是他们叫来的打手，还一个个地装无辜，口口声声说不认识，跟他们没关系。

可不，也确实没证据，光凭猜测是不顶用的。

肖辉很生气，但是那帮人早就不知道逃哪儿去了，他根本找不到。这件事，弄到最后还是不了了之了。肖辉康复后，母亲劝他还是关了店吧，就算能报警，这隔三岔五地来闹事，这伤还是真真切切地要自己受的呀。

他们家就肖辉一个独子，他要是出了事，全家就都完了。

无奈之下，肖辉还是关了店，赔了不少钱。

经此之后，肖辉变得有些沮丧，对餐饮业也失去了兴趣。而后，他经过朋友介绍去了杭州，在一家网游公司做网站的电话客服。

公司还挺大的，办公环境也不错，中午的员工餐也很丰富,有了那么好的新工作肖辉很高兴也变得很努力。

三年后,因为表现出色,领导有意把他列为升职名单。可就在这个时候,肖辉一直暗恋的女同事主动向肖辉表白了。肖辉很激动也很开心,两个人就开始了交往。女同事叫邱艳,邱艳说她家境很不好,特别缺钱,还要供弟弟上大学。所以,她一直想在工作上出人头地。她还旁敲侧击地说了这次升职的事,说要升职也一定会升肖辉,因为她和领导的关系不怎么好。

肖辉是个真心实在的孩子,他看着邱艳在自己面前伤心诉苦也觉得非常心疼。于是,他就找了领导。其实,邱艳和他都是一个领导。肖辉知道领导对自己很赏识,但是他觉得邱艳比自己更需要这个职位,于是他跟领导说他愿意放弃升职。

结果,邱艳在肖辉的帮助下顺利升了职,工资涨了三分之一。升职后,肖辉找邱艳庆祝,可是邱艳却用了种种理由来回绝肖辉。一来二去的,肖辉有了想法,觉得邱艳是不是在利用自己?

于此,他找她谈了一次。

可邱艳总是不承认,就说自己真的有事。面对这样的状况,再傻的人也心中了然了,而一句承认又能怎样呢?

半个月后,肖辉辞了职,邱艳没有任何挽留,也没有找他说过任何一句话。她就装作没看见,装作不知道。

那一年,肖辉不过二十四岁,可他却深深地觉得他的心已经走过了太多个春夏秋冬。面对再一次的冬去春来,肖辉一个人茫然地走在人生的十字路口,不知道该往哪里走。

一边,母亲在责问他为什么要把那么好的一份工作给辞了;另一边,他哑巴吃黄连地穿梭于各种招聘会去寻找肯收留自己的单位。可就业的形势一年不如一年,好多应届生都找不到理想的工作,何况肖辉?

晃荡了大半年,肖辉吃光了一年来省吃俭用的钱,又回到了两袖清风的局面。一天,他走在断桥上看西湖,他质问老天,他一路安安分分,一心踏踏实实,可为什么到头来总是被人欺?

就在他苦闷的时候,他突然听见有人在喊:"先生麻烦你让一让行吗?我们取个景。"

肖辉抬头看,发现是一个摄影师,他正站在断桥上想给一位穿着古装的姑娘拍写真。他马上让到了一边,随后盯看了他们许久。

在这个间隙,肖辉突然想起曾经的自己也十分热爱摄影,高中的时候还参加过青少年摄影展,只是他从没有想过摄影其实可以成为一种谋生的事业。

看着他们，肖辉的眼睛里突然闪耀出了星星的光晕，之前的抑郁和悲观也突然之间不见了。他飞快地拿出手机拨打了曾经一起在摄影组的同学赵帆，问他有没有兴趣一起搞一个古装摄影工作室。电话那头，那哥们儿听了，表示非常乐意，还说这摄影工作室的起步资金其实很少，也就需要一间房，一些衣服，化妆师和摄影师就可以了。然后，那哥们儿又联系了一个搞服装的同学程斌。程斌这些年混得不错，还有一间房子现在是出租的，程斌知道之后，说愿意把房子收回来，给大伙儿创业用。

这下，关键的事情都解决了，他们几个就连忙约出来见面，商量细节。

不到三个月，三人合伙的摄影工作室开张了。他们买了一些流行的古装，还把程斌的女朋友叫过来做化妆师。跟着，就轮番在摄影论坛发帖子和样照。现在是网络信息社会，论坛里有好多爱拍照的姑娘，很快就有人在帖子下留言了。

肖辉说，新开张不为赚钱只为人气。再说了，这化妆品能用好些日子，这古装只要不残破永久都能穿。所以，他们只卖99元一个写真套系，能拍四套服装，底片全送，还带简易修片。随之,论坛里回复帖子的人越来越多。

于是,他们很快就迎来了第一个客人,他们几个都很高兴。化妆的妹子又仔细又小心,生怕客人说句"哎呀"或者皱个眉头。而当轮到肖辉给姑娘拍照的时候,他也尽可能地理解姑娘想要拍的效果和风格,尽可能把她拍得美美的。

大概拍了一整个下午,小姑娘很满意,说他们很有耐心很负责,还非常的价廉物美。回去之后,姑娘还在论坛上回帖,说他们家很靠谱。这一个点评,让肖辉很感激,也因为这个点评,陆陆续续来工作室拍照的客人也多了起来,很快就把一个月的档期都排满了。

很多人都觉得摄影不就按个快门而已,很简单。其实摄影师找角度,找意境也是非常不容易的,一整天外拍下来,肖辉都累得浑身酸疼。

不过,他看着工作室一天比一天热闹,人气一天比一天高涨,他也就不觉得辛苦了,一心想把这个工作室搞好。

半年后,工作室趋于稳定,月收入十分可观。于是,他们开始调整工作室的策略,想要推出更新的理念。肖辉决定凸显写真创意,加入剧情设计。因为他们是一家古装摄影工作室,剧情切分的演绎会使古装照显得更唯美动人。而后,肖辉在每天拍完了客照之后就窝在被子里想如何策划一套古装系列，主题可以是儒雅的，可以是艳丽的，也可以是忧伤的，抑或是侠骨柔情的。

很快，这一套主题系列写真推出摄影论坛之后，得到了姑娘们的热烈支持，都表示"大爱"系列剧，纷纷预约要尝试。

就此，工作室有了一种一夜爆棚的感觉。

两年后，肖辉出资租下了同小区里的一幢四室一厅的错层房，他们重新装修了格局，扩大了化妆间和摄影棚，还增加了新的套系，风格也日渐多样，趋于高雅。

一天，肖辉送走了最后一位客人后，他一边整理摄影器材，一边望着天边的那一抹斜阳，他突然觉得人生真的充满了各种可能和惊喜。而一个人，只要肯努力，肯用心地对待生活，那么生活也一定会善待于你。

所以，请别说，为什么别人都比自己过得好；别说，你曾失去了成功的机会；别说，你遇人不淑，怀才不遇。人生这条路很漫长，很离奇，很难判定结论。挫败和泥泞，伤口和泪水也只是为了教会我们更好地行走。而当我们觉得上天负了我们，待我们不公，心怀幽怨和无助时，请你一定要相信，那些你向往的美景会在路上等你。

//没有一路美满，灿烂背后住着黑暗

你知道婚姻、工作、家人都同时出现问题，犹如三个定时炸弹同时在你的幸福人生里爆炸是怎样的一种灾难吗？

我告诉你，我知道。因为，我的人生差一点被炸毁，成为虚无。

我一直都觉得自己很幸福，我虽然是女孩子，但是一直都拥有万千宠爱。每次我这样介绍自己的时候，很多人都会很奇怪地看着我。因为即便到了21世纪，喜欢男孩的人还是普遍更多的。

可是，我们家不一样。

我的家庭很大，有三个亲哥哥，有六个堂哥，还有四个

表哥，唯独没有女孩。我父亲是少数民族，所以我们不在计划生育之列。而我，也成了我们这个大家庭里唯一的"稀有产品"。父亲说，他是盼了好久才盼到我这个四妞。

那会儿，我们家男丁太多了，爷爷奶奶都好想抱个女娃。他们在老家祈福，向上天索求，希望我母亲这一胎怀的是个女孩。

天遂人愿，我顺利出生了。从此，我有了公主一样的待遇。爷爷奶奶，外公外婆都很疼我，我的哥哥们也都很疼我，真的是拿在手里怕摔了，含在嘴里怕化了。春节的时候，压岁钱我总是拿得最多，礼物我也是收到手软。每年到了过生日的时候，都有一大帮人围着我，特别欢乐。

在我的童年里，我不会懂得寂寞为何物，伤心为何物。

十六岁那年，我的生活轨迹发生了变化。因为母亲不是当地人，她是汉族，所以她一心想着回家乡上海。这些年，她也一直在联系城里的亲戚能不能给我们落户，把我们全家迁过来。

父亲是不愿意离开家乡的，他在当地的一个企业也算是领导，有着不菲的收入。可是母亲却说，城里有个亲戚移民了，有一幢别墅想让我们照看，手里还有三家咖啡连锁店没人接手。那个亲戚希望我们住过去，然后经营那三家咖啡店，至于咖啡店的收益，他们只取三分之一，剩下的全归我们所有。

实话说，这样的机会的确很吸引人，我们实在没有拒绝的理由。

当时，哥哥们已经在全国各地上大学，有了自己的社交圈和生活圈。于是，父母就先带着我去了上海和表舅见面。

母亲是独生女，姑姑也就表舅一个儿子，现在全家移民加拿大，这里的产业也确实无法照顾。本想说卖了，可上海物价飞涨，别墅增值的空间很大。至于咖啡店，也经营了好些年，口碑都已经做出来了，关了或转让实在可惜。

可不，这样一幢老洋房别墅，实为稀缺型的房产，将来的价码一定水涨船高。那三家咖啡厅也都开在市中心，人流量较大的地段。要是转让，一定很抢手。所以，这肥水真的不能流了外人田。

后来，表舅跟母亲签了一个协议，我们就住进了这幢高端的别墅里。别墅是独幢的，带花园，三楼还有一个露台，放着秋千的藤椅。站在上面俯瞰上海街头，特别美。母亲说，姑父家是干部子弟，这房子是祖上留下来的。

之后，表舅就很放心地去了加拿大。而我，也就像"流星花园"里的杉菜一样，似乎一夜之间踏入了上流社会，告别了灰姑娘式的平凡生活。在母亲给我转学之后，我认识了新同学，他们知道我住在别墅里，都为之惊叹和羡慕，母亲和父亲也有了新的奋斗目标，在咖啡店里忙得不亦乐乎。

咖啡店的租金很贵，可是收益也确实不错。几个月下来，我们家的收入比之前翻了近十倍。因为忙不过来，母亲把二哥也叫了过来，二哥今年刚好毕业，正要找工作呢，可这不是有现成的老板让他当吗？二哥刚来那会儿跟我一样，又惊讶又兴奋，就像是在做梦。我们也不曾想过，母亲居然有这么有钱的亲戚。

可能浮华的世界，总是能轻易地摧毁一个人心中简单的黑白。二哥来了不到半年，他就像是变了一个人。

"五一"的时候，他就要求母亲给他买车，说交女朋友要体面，说一个咖啡店老板的儿子也应该有这样的排场。最关键的是，他说我们家买得起，这根本不算什么钱。

我知道母亲除了我之外，最疼的就是我二哥，小时候我二哥嘴最甜，总把母亲哄得笑眯眯的。走在二楼的旋转楼梯上，我听见二哥跟母亲说："妈，上海这地方不能太寒酸不是？我也是想早点找到个门当户对的女孩子结婚，好给您抱孙子。"

母亲看着二哥，犹豫之下还是答应了他。

后来，二哥就把一辆保时捷买了回来。起初，他还带着我们全家去自驾游，后来就不对了。这车不见，人也不见，也不在店里，也不在家里，整天来无影去无踪的。母亲打了好多电话给二哥，他也不接。

母亲在一楼的客厅里等到半夜三点多，二哥才醉醺醺地回来了。回来还不算，还带了个女人回来。母亲看着这个女人，也是不三不四的。于是，就怒骂，让这个女人滚出我们家。

谁想，二哥却冲着母亲吼："一天给我打十几个电话，你不是就催我回来吗？我现在回来了，你又让我朋友滚是什么意思？"

母亲很伤心，就跟二哥争执了起来。争执中，二哥还说："你不让她留在我们家，我就带她上酒店去，这还得花钱！"

我知道二哥喝醉了，可是这些疯言疯语母亲是怎么也承受不住的。只见，母亲抬手就要去扇二哥耳光，二哥却反过来把母亲的胳膊给拽住，使劲地往地上一推。结果，母亲不小心撞到了茶几上，头被磕破了好大一个口子。

我当即冲着二哥吼道："妈都摔流血了，还不过来帮忙？"

可我又是多么的愚蠢，指望一个喝醉了酒的人，和一个做不良职业的女人能来帮我？

只见，二哥搂着那个女人转身就走了。

母亲那个时候忍着疼痛，大喊说："你喝酒了，不能开车啊！"

二哥根本听不进去，很快坐进了车里。

"四妞，快，快去阻止你二哥啊。"母亲不停地跟我说。

我马上冲了过去，使劲地敲打车窗，示意二哥别开车。可是二哥疯了一样地发动引擎，一脚油门就把我给甩开了。

二哥走后，母亲一直担心二哥会不会出事，上完了药就一直坐在客厅里等，不停地打他电话。那天，刚好父亲又不在，老家那边有远亲结婚了，他回老家去了。

母亲和我就一直心神不宁地等到天亮，后来，清早的一个电话铃声把我们吓了一大跳。母亲一接电话听是二哥的声音，也就放了心，可是紧接着二哥就告诉母亲，说他和人飙车把人家的车给撞了，那个人正在急救，自己的车也毁了。

那一天，我们活在混乱里，活在惊吓里，生怕那个被二哥撞的人死了。我和母亲赶到医院，差点被对方的家属给狠打一顿，幸好警察在现场。后来，手术结束了，所幸那个人救活了，基本上也都是外伤。这让母亲和我松了一口气，接着就开始协商赔偿的事。

这件可怕的事让二哥终于不敢再狂妄了,也害怕了,母亲也不让他再待在上海了。母亲让他回老家,让大伯给看着,再重新找个工作。

这样的风波,总算平息了。

之后,我们过了顺风顺水的五年,咖啡店也从原来的三家变成了七家,其中三家也交由大哥和三哥分别代管。

这五年,我也长大了,家里也就剩我没结婚了。母亲拖人给我介绍了好多人,我都看不上眼,可能年轻吧也不着急,也不懂爱情。

但是,有一个人总让我的心牵挂着。

那个人是我们咖啡店的老顾客,每次来都是一个人,年纪也有三十左右了。我一直对他很好奇,可是一直也没敢跟他搭话。看他的穿衣打扮不俗,应该是一个成功的男人。有一天,我不知道我是怎么了,中了邪似的走了过去跟他搭话了。

我说:"你每次都点一样的咖啡,不想试试别的口味吗?"

他说:"有些东西习惯了,改不了。"

"为什么?就算我们每天都要刷牙,也总会换不同的牙膏。"我不禁坐在他对面,好奇地看着他。

"当一个人的心没有色彩的时候,换不换都一样了。"

好奇特的一个人不是吗？或者说，一定是一个有着很多故事的人吧？

我就这样坐着端详他，没有要走的意思。

于是，他就对我说："要听个故事吗？"

"好啊。"我说。

男人嘴角上扬的样子很好看，衬衫的颜色也特别适合他，总之在我眼里他就是最特别最帅最酷的男人。

"我离婚了，因为孩子不是我的。"

对于一个对婚姻和孩子完全没有概念的人来说，这件事我无从劝慰，但我能感受的是，他太可怜，那个女人太不厚道。

"我是美食编辑，报纸上有我的专栏。"

我不禁又对他产生了更强烈的好奇，静静地听他说。

"现在的我尝出来的美食都是一个味道，所以我写不了美食了。"男人说着，端起咖啡喝了一口。

"所以，你开始写咖啡？"我很幼稚地说了句。

他笑了，说："咖啡也有香醇和不香醇，口感是不一样的。只是对我来说，现在喝什么咖啡都是一个味道的，那么我又何须要换呢？"

"那你现在做什么？"我问。

"我开酒吧了,离你们这儿不远。只是早去了,酒吧还没开门,所以就来你们这儿坐坐。"男人说着,又喝了一口咖啡。

喝完,他走了。

第二天,他还是老时间来了。再见时,我们之间有了一种默契和特有的微笑。也许被爱情缠绕的女人总是那么冲动,我就是想靠近他,就是莫名喜欢他。于此,我们交往了。

等母亲发现了我的异样,我和他已经交往了三个月了。

母亲知道之后,强烈反对。

"他比你大了整整十岁,还离过婚,还是开酒吧的!"母亲一顿怒吼。

"十岁怎么了?离婚也不是他的本意,他开酒吧之前是做编辑的。"我立马回了句。

"总之,你别想跟他在一起,我和你爸是绝对不会同意的。"母亲扔下这句话,就再也没搭理我。

之后,倔强的我就搬出去住了,也验证了爱情是可以令人疯狂的。

大约三个月后,母亲又找我谈了一次。我知道,母亲是疼爱我,怕我上当受骗,所以她宁可让我在她的监视之下,也不要我冒险一个人在外头和他住一起。

于是，我和他都住回了家里，开始商量婚事。

半年后，我们结婚了，他也从一个顾客，转变为咖啡店老板的角色。一家分店，也成了我们的夫妻店。

结婚后，我很快就怀孕了，生下了一个孩子。有了孩子之后，我就把咖啡店交给他打理，自己留在家悉心照顾孩子。

一年后，我发现账目上每个月的营业额少了一大半，我问他怎么回事，他说："最近生意不好。"

我不信，这家分店是地段最好的一家，其他分店的生意都不错，怎么就唯独我们这一家没生意？后来，我又找他谈。这回，他老实交代。他说他前妻回来找他，说她离婚后一直过得很不好。孩子的事，她也是真的不知道。她说她当时太年轻，也真的搞不清楚这个孩子是谁的，她请求他原谅，求他回到她身边。

"所以，你要去找她了？你把钱也给她了？"我大声地吼叫着。

"给她的钱，我会想办法还你的，她一个女人带着一个孩子，真的很不容易，她爸妈都不收留她。"

"她不容易？那我容易吗？她爸妈不收留她，是她自己勾三搭四的下场！"

这句话一出，我就看到了他脸上从未有过的杀气。我想，他根本就没有爱过我，他只是借用我来给自己疗伤，来给自己喘口气的。他的前妻，始终是他心中的女神。不论她是不是肮脏，是不是背叛他，是不是曾在他的心口划了一道疤，只要她回头求他，可怜地乞求他，他就心软了。而我对他的爱，对他的付出，以及我们的孩子他都满不在乎，可以说不要就不要了……

"你走吧，孩子跟我。"一个已经如此明显的决定，我还要等他来告诉我吗？离婚这两个字，就请留给我来说吧。

我说这句话的时候，他没有解释，更没有要挽留和忏悔的意思。他只是留下了极为简单的三个字："对不起。"

转身后，我泪流满面。

他转身后，会得到他想要的局面。

他走得很简单，我留得很难堪。我面对了父母的各种呵斥和责备，以及对他的数落和怒骂。而后，也就在我离婚不到三个月的时候，我母亲肚子疼得不行，进了医院，结果，居然被查出来是肠癌晚期。我们全家又一下子陷入了恐惧和悲伤里。

母亲原本是一个很乐观的人，可是再乐观的人到了即将走到生命终结的那一天时，都无法不哭、不怕、不难过。不到一个月，母亲就被自己和病魔折磨得不像人样了，医院里也劝我们放弃治疗。

那一晚，我们全家人都来了，抱头痛哭。

这些天，我和几个哥哥都一直轮流照顾母亲。可令我意外的是，母亲半夜竟然自己悄悄地离开家，走到了隔壁的高层住宅，随后，从十五楼跳下……

得知这个情况，是警察找上门来告知的。当时大约是凌晨五点左右，因为母亲的事，我们这段日子都没有好好睡过觉，五点正是困乏的时候。

我跌跌撞撞地跑去开门，才听见有人在喊："警察，快开门。"

这一句，把我们全家都惊吓着了。跟着，我们才发现母亲不在房里，她居然一个人偷跑去隔壁小区跳楼自杀。一开始听到这样的消息，我们几个都蒙着，完全没有反应过来，我们都无法相信这是真的，母亲跳楼了？昨天晚上，母亲明明还跟我们在一起说话呢。

随后，我们赶到了隔壁小区，看见了围观的群众，还有警戒线。我不敢进去，我不敢看，是大哥他们和父亲进去了，结果确认死者真的是母亲。我当场就腿软地倒在了地上。

事后，父亲劝我们，说也许这样母亲才不会痛苦。可对于我来说，还没从婚姻的悲剧里走出来，却又陷入了失去亲人的悲痛，我一下子不能接受，我躲在了母亲房里三天三夜都没有出来，孩子也不管。想着母亲曾经对我的疼爱，想着她对我婚姻的反对，想着她一次次为我着想为我让步，我就恨我自己。好几次，我都想干脆和母亲一起去了。但听到孩子的哭声，我又舍不得。

母亲入葬之后，我努力地让自己振作起来，但经营咖啡店的事我觉得力不从心，心力交瘁，以至于营业额一路下滑，老顾客也一一换了地方。好在，大哥三哥那儿的生意还不错。

晃眼，又过了一年。

本来在加拿大生活的表舅打电话说，要收回这幢别墅和几家咖啡店了，只能留一家给我们经营。说表舅妈在加拿大为这个事情，一直跟他争吵不休。现在，说是要回来亲自打理，加拿大国内两边跑。

我们知道，表舅其实是看我们咖啡店的生意做大了，心里有些疙瘩。本来嘛，这产业都是他们家的，可要不是我们的苦心经营，咖啡店会有今天吗？还有一点就是，我母亲去世了，表舅不想把他们家的产业继续留给父亲占便宜。

说到这个，父亲跟我说起了往事。当年母亲下嫁到他们那边的山区里，母亲全家也是毅然反对的，所以对他这个女婿、这个妹夫是非常不喜欢的。

父亲不想和表舅争吵，也就很快让出了咖啡店和别墅，就连好心留给我们经营的一家分店也没有要。不过这几年，我们也已经攒了不少钱了。父亲就把积蓄都拿了出来，在上海另外买了房子。而我们兄妹四个，就开始重新找工作了。

那段日子，我变得很消沉，很暴躁，因为贫困的确会令一个人抓狂。大哥还把车卖了，因为没了咖啡店，我们供不起豪车的保养费和油费。而我带着孩子，也根本没有办法去找工作。于是，几个哥哥开始埋怨我，成了他们的负担。

后来，父亲干脆把我送回了老家，毕竟老家的生活水平低一点，消费也低一点。我一度不能适应，毕竟从乡村到豪宅是美的，可从豪宅到乡村就不那么美了，那种落差是要花一段时间去调整的。不过，大山里的人特别质朴和亲切，他们都纷纷跑来帮我一起照顾孩子。

其实，当一个人真的静下心来的时候，你就会觉得能走过这一圈也好，能看过生命的波澜也好，何必非要去埋怨和回首？而天空本来不就是这样吗？有晴空万里也有阴霾重重。我们不是圣人,可以不怒不求不犯错。但我们也应该知道,人生,没有一路的美满,在每一道灿烂的阳光背后也总住着黑暗。

走过,看过,哭过,笑过,就很好。

//沿途的风景,谁人笑而不泣

流过泪,又如何?擦干再走又能怎样呢?

下过雪,结了冰,寒冷寂寞总会结束的。

我原本有个很富裕的家庭,父亲是做红酒生意的,一家人都住在香港。可是那些所谓的幸福与美好都随着父亲的去世一起逝去了。

父亲家里有好几个兄弟,父亲死后大伯和二叔就把我爸的公司给拿走了,非但如此,他们还把母亲和我还有姐姐一起赶了出来。他们说,这幢房子不是我们的,以后没资格住了。

母亲说,她不是香港人而是山东人,跟父亲是在内地认识的。他们结婚的时候,父亲一家人都竭力反对。现在父亲不在了,那么所有的一切也都没了。

母亲不是个会吵闹的人,更何况父亲的去世已经给了她非常沉重的一击,她又要用怎样的力气和心情去跟他们一家人斗?而且,母亲说过,她嫁给父亲并不是贪他的钱,她也从来没有想过要得到过任何家产,只求健康平安。

现在,这么简单的要求都被剥夺了,她要钱又有什么用呢?钱可以买回父亲重新站立在我们面前吗?

被赶出来的那天晚上,母亲带我们坐在火车站里,她说她要带我们回山东老家。我清楚地记得,我们三个身上一件行李、一个背包都没有。那天大伯赶我们走的时候,我只是想要带走一个爸爸送我的Hello Kitty而已,却被大伯大声呵斥,我害怕极了。

要不是姐姐冲过来护着我,我可能就被大伯打一巴掌了。

后来,母亲带我们坐火车先回到了深圳,在她的小姐妹家里住了一晚上。第二天,我们就开始辗转回山东。

我从来没有离开过香港,也没有想过母亲的老家是什么模样,我也天真地以为母亲家应该也和香港一样。

可是,我在母亲的家乡看见的是光秃秃的枝丫,是荒芜的山脉,是几近干涸的河流,整个村子里的房子也很破旧。

车上,母亲虽然告诉过我要有心理准备,说这里远远比不上香港,比不上父亲给我们的家。

然而,在见到时,还是远远超出了我的想象和我所能承受的范围。

母亲带我们走了一大段颠簸的石头路,我和姐姐的鞋子上都染满了灰尘和泥土,遇见轰鸣的拖拉机从我们身边开过,我们都不禁心颤地握紧了彼此的手。

我看着母亲,小心翼翼地问:"妈妈,我们以后是要住在这里吗?"

母亲看着我,异常淡漠地说:"是的。"

那时我才七八岁,我不懂,就哇哇大哭了起来,吵嚷着说:"我不要住在这里,我不要住在这里,我要回香港,我要回香港,妈妈你带我回香港……"

那会儿,从不舍得打我的母亲,狠狠地打了我,我哭得更厉害了。母亲还说:"你要去香港的话,你一个人去吧!"

"呜呜……"我一直在哭,哭个不停。

后来,是姐姐拉着我的手,跟我说:"妹妹别哭,你看那儿好多羊,多可爱。一会儿,我们一起去看羊好不好?"

一直对我凶狠的母亲,在姐姐说了这句话后不禁流泪。

我看见母亲哭了,我也哭了,后来,姐姐也哭了。

之后,我们不知道走了多久,只知道是一条很长很长的路,坑坑洼洼的,好不容易才看到了一个村庄。

是的,村庄。

那一刻,我才真切地体会到什么是村庄。

见到外婆时,我们没有被欢迎,我和姐姐都看得出,外婆看到我们并不高兴。只听,外婆冲母亲嚷嚷着:"有钱就跟人跑了,没钱了就想到回来了。"

母亲没说话,默默地去收拾屋子。

而对我来说,外婆就是个陌生人,我从来没有来过这里。不过姐姐说,她小时候跟母亲和父亲回来过。不过母亲的家人一直不同意母亲回来,所以之后他们也就再没来过。可能是因为这样,外婆对母亲结了仇。

姐姐说,外婆有四个孩子,母亲是唯一的女孩。现在几个舅舅都在县城打工买了房,也不住在这里了。这里除了外公外婆留守,也没有别人了。

我真的不能相信在这样的年代,家里居然是用一个大缸来蓄水的,居然没有抽水马桶,没有浴缸,没有煤气,没有空调……

我惊愕于眼前的一切,一直紧紧拉着姐姐的手。

到了下午，我见了外公，他长得又黑又瘦，背上还背着一个大箩筐，说是去后山摘白菜回来晚了。

"你就是峥峥吧？来，吃个橘子，可甜了。"外公跟我说话，可我只觉得害怕，我不敢拿，躲在了姐姐后面。

"谢谢外公。"姐姐笑着接过了橘子。

"饿了吧？外公杀只鸡晚上给你们吃。"

言语中，我们看得出，外公很欢迎我们，也很喜欢我们。

那一天，也是我第一次看见有人拿着刀杀鸡，我冲着外公说："我不吃鸡，我不吃鸡……"外公笑得露出了几颗牙，随后把鸡放了。

晚上烧得什么菜我忘了，因为那些东西我从来没吃过，觉得好难吃。后来，外公给我找了几个馒头，还给我买了肉片，说："这也叫汉堡包。"

母亲和姐姐忙着帮外婆干活，洗碗的洗碗，打水的打水，外公就抱我坐在院子里看星星。这里的星星又多又亮，好像离我们好近好近。

这是我在香港从来没看见过的景色。

"这里的星星每天都那么多吗？"我好奇地问外公。

外公说："是啊，每天都那么多。"

就这样，我开始了新的生活。

母亲还没有安排好我跟姐姐上学的事,我一大早就跟着姐姐去山上拾柴,去河边扔石子儿,找小草去喂羊,我一点点地开始适应这样的日子。

可是,过了没多久我们家里忽然多了一个人。

母亲说,以后他会是我们的父亲。

我当即大喊道:"我不要!我不要他做我爸爸!"任由母亲怎么打我,我都在这样喊着、哭着、闹着……

可最终,母亲还是嫁给了他。

外公说:"你妈妈带着两个娃太辛苦,你们总住在这儿也不行啊。"

我说:"我就住这儿,就住这儿,只要他不做我爸爸,我住哪儿都行。"

最后,我还是被姐姐拖走了,拖上了一辆面包车,离开了外婆和外公。

外公含着泪说:"去吧,孩子,听话。"

车子不知道开了多久,我只觉得外面的风景变了,变成和香港那种差不多的了。那边还有大海,有高楼大厦,有麦当劳、必胜客。

姐姐说,这个城市叫青岛。

姐姐还说,那个男人帮我们安排了在青岛上学。

这里的环境是很好，可是我的心情却好不起来。姐姐安慰我说："妈妈要生活，你别怪妈妈。我们上学吃饭，要花很多很多钱。"

我看着姐姐，没说话。

到了继父的家，我们才知道他为什么肯收留母亲和我们，因为他有一个瘫痪在床的儿子没人照顾。

瘫痪是因为一场车祸，那场车祸撞瘫了他的儿子，夺走了他的妻子。那一瞬间，我忽然觉得，这家人也好可怜，好可怜。

或许，只有同样的可怜人才能容纳可怜人。

继父的儿子和姐姐一样大，他虽然下身瘫痪了，但是上身能动，脑子也很好。他见了我们很高兴，我们也礼貌地叫他哥哥。

母亲为了感谢继父安顿了我们姐妹，她每天都悉心照料他的儿子。煮饭、洗衣、拖地，用轮椅推他出去散步都是她每天必不可少的工作。

转眼，这样的生活也过了十年。

这十年，继父一直待我们很好，逢年过节他都会带我们出去玩，给我们吃好吃的，生日的时候还会给我们买礼物。

突然觉得，我们五个人过得很温馨。

继父是一名建筑设计师，有好多建筑都得过奖，画得建筑图都非常精美时尚。姐姐受了他的影响，也学习了绘画，现在在创意美术培训中心当老师。

而我，也不再是当年那个爱哭闹的孩子了。

这些年，我虽然在青岛生活，可还是很记挂香港的一景一物，每分每秒。因为，那儿有我挚爱的父亲。所以，我一直很努力地读书，顺利考入了香港大学，我要以我的方式回去和父亲团聚。

动身去香港大学报到的那一天，母亲和姐姐都陪我去了。

因为，我们要去墓地看父亲。

还是一样的流云，还是一样的微风，还是一样的几个人，只是再来时，我们都已不再哭……

父亲，你看见我们了吗？

人生就像是一场遥远的飞行，途中需要很多次转机才会到达终点，有时候飞机要是延误了，还会滞留很长一段时间，而最可怕的莫过于航班表上显示"待定"。这就像我们的生活一样，不知道哪个阶段会出差错，不知道这个差错会持续多久。于是，我们变得浮躁，变得不安，变得满身是伤。

但是，只要我们足够坚强，足够勇敢，我们终将到达彼岸。而沿途所遇见的风景，又怎能让每个人笑而不泣？

待笑过、哭过，我们的人生才完整。

图书在版编目（CIP）数据

慢慢来，一切都会是期许的模样 / 轩雨幽冉著 . -- 北京 : 北京时代华文书局，2017.3
ISBN 978-7-5699-1426-9

Ⅰ．①慢… Ⅱ．①轩… Ⅲ．①故事－作品集－中国－当代
Ⅳ．① I247.81

中国版本图书馆 CIP 数据核字（2017）第 040440 号

慢慢来，一切都会是期许的模样
Manmanlai Yiqie Douhuishi Qixu de Muyang

著　　者	轩雨幽冉
出 版 人	王训海
选题策划	田晓辰
责任编辑	曾　丽　田晓辰
装帧设计	蔡小波　段文辉
责任印制	刘　银　范玉洁

出版发行 | 北京时代华文书局 http://www.bjsdsj.com.cn
　　　　　北京市东城区安定门外大街 136 号皇城国际大厦 A 座 8 楼
　　　　　邮编：100011　电话：010-64267955　64267677

印　　刷 | 北京卡乐富印刷有限公司　电话：010-60200572
　　　　　（如发现印装质量问题，请与印刷厂联系调换）

开　　本	880mm×1230mm　1/32　印　张	7.5　字　数	125 千字
版　　次	2017 年 4 月第 1 版　　印　次	2017 年 9 月第 2 次印刷	
书　　号	ISBN 978-7-5699-1426-9		
定　　价	35.00 元		

版权所有，侵权必究